天空之歌

蘇善 著

自序——呼吸

城市一隅，我藉花草呼吸。

日復一日繞行綠籬之內，感覺肺部還算清淨，然而，有一天，慣見的夕陽不復美麗，原來，一幢興建中的大樓以其傲骨遮蔽霞彩，我無語。

不久之後的某日，我身在高處，望見參差爭高的樓群，綠色幾點，一如星稀，光禿泥灰的景觀令人心驚，啊，天空已遭割據，啊，也正是這一份震懾引發了創作動力。

搖筆日常，往往有多個點子翻滾腦海，依時間排序，這部小說若是第一個故事，檔案在八月建立。十月，第二個故事雛形可見，配角到齊，場景也有了著落。不料，第三個故事〈普羅米修詩〉搶先完成，而且找到發表園地。

第一個故事慢慢爬，慢慢攢字，企待收尾之際，第二個故事的主角露面了，我只得與之商議：稍候！我一定要把這部小說先寫完才可以！

我想，他是回答：如擬！

於是，健「筆」如飛，句點落下哩！

怎麼說呢？

這第一個故事，我確實是自討苦吃呢！

小說，特別是奇幻小說，必須有自己的邏輯，況且這個故事夾帶了議題，因此，準備功夫不容小覷，想像，佐以實物，才能增加可信度，而不是玩玩魔法而已。

於是，歷經「搶」筆風波以及素材蒐集，字數破了兩萬之後，一千一千累積的小小滿足重新啟動了伏案的毅力。最後，我為這個故事寫了一首主題詩，題曰〈呼吸〉，朗誦時，胸臆瞬間長出一座森林！

呼！希望這個故事可以自行光合作用，提供讀者閱聽的氧氣。

蘇善　寫於二〇一六年二月二日

目錄

序曲

一旦兩幢樓計較高下，天空的割禮就開始了。

◆

這天，僅餘一半。

◆

一半，指的是時間，此際，午後一點，距離「割禮」還有幾個小時，曙光一出，勝負立判，贏者採光，因為，光是萬能，可以養命活口，甚至可以買國通疆；而輸者，往後的日子只有昏暗。

◆

一半，也指空間，偌大之天，可以分割的面積有限，除了預估對手建物的邊緣，循規依攀，還得自創本體，抓住光線，弔詭的是，如何誘光，多則曝曬，少則陰涼，早晚腐了生命線。

◆

西城，不論企業規模，無一不是意圖掠奪天空，聘請各路劊子手自是不吝金玉，割禮之前的飲食起居，可以無限提供，唯一條件是：必須接受隔離，一則保護人身安全，更重要的是，任何可能洩漏大樓設計的機會甚至隻字片語，都要避免。

◆

而東野扒人，早已趁隙滲入，慢慢掙著手腳錢。」

◆

扒頭兒東野伯預測：「彈簧結構隨遇而安，頗有勝算。」

東野仲不在言語上反對，神情看似另有異見。

「抄襲的，好敢玩。」女孩東野淑倒是用力批判。

「當然要仿生，瞧瞧那些打不死的蟑螂多強悍！」東野伯笑了笑，對於女兒的聰慧心知肚明。

「咱們也學鳥兒，高枕！」東野仲補充。

的確，東野仲一語中的，點出當代建築競技的趨向，也道出自家的場域優勢，因為，東野家正是仿效植物，寄生於樹，仰樹鼻息。這棵樹，矗立在森林沼澤中央，樹身巨大，樹瘤也巨大，挖空樹瘤，變成居室，在一個一個居室之間盤梯架橋，形如手掌的樹冠托成平台，則是東野家用來閒聊或商議之處。

此刻，一盞燈火懸掛在樹冠平台之上，夜幕漸漸濃重，高野一家的聚會，名為扒人計議，實為行前鼓勵，這一次，父老暫隱，要讓小輩接下勞役。
姊姊東野淑肩上扛著重擔，一邊扒人，一邊拴著初出之犢。
弟弟東野季如常一派無所畏忌地說：「總之，咱們沒戲唱。」
「誰說的！」
「一直都是這樣啊！」東野季說出傍觀之見。
「要不要打賭？」東野仲堆起笑臉：「今年的贏家是咱們！」
「嘴溜！」東野伯喝斥，臉上卻不見怒慍。
「早點休息吧！」東野伯提醒兩個孩子，臉上流露信任。
東野叔則恩威並下：「別怕！第一次任務總是這樣的，找人張羅了！」
嗯！
東野淑點頭。
東野季也答應一句：「別擔心，我會跟緊姊姊！」
父親東野伯瞧著，看似滿意，不料竟說了：「記得臨場反應……」
這是默許？我可以自做主張？
東野季以眼光詢問，無人搭理，倒像是刻意的默契？莫非，這是訓練項目之一？

「晚安！」東野淑起身。

東野季隨即跟上，匆忙之間，扭頭轉身，草率向一家之長行禮。

父執輩相視而笑，無語。

燈芯恰好倒臥油裡。

◆

走下樹冠平台，姊弟倆驀然聽見彼此的呼吸，因為，夜風靜息，東野淑悄悄收起腳力，不讓橋面嘎嘎吱吱。

「我……怕反應不過來……」東野季細聲喃喃，果然心有忐忑。

「放心！你聽見叔叔的話了，有幫手！」東野淑的話說得輕輕柔柔，再一次摻入勸慰與篤信。

嗯……

◆

東野季很想放心，然而，這一個晚上，兩眼拗逆了意志，硬撐。

東野淑也在自己的臥室輾轉。

◆

是的，割禮之前，視界混沌，一切都得挨著。

等待，說是要有光。

豹子膽

「還不是為了省料！」

「微微向上傾斜，蜂蜜就不會流出。」

「嘗到甜頭了？」

「被螫啦！」東野季端出小指，切齒，驚懾仍然緊咬。

「算你幸運，這年頭，被螫的人還真不多！」

「蜂狂啊！一螫，就完了，連自己也腸穿肚爛。」

「好啦，回到工作，」東野淑指著眼前遠方，「聽說六邊形結構在一定的體積裡可以用最少的材料建造寬敞。」

「問題是，採光行不行？」

東野淑聳聳肩。

西城是另一個世界啊！

而東野之上，扒人潛行。

東野家以地域為名，不論天有空，但管地上有人。

此刻，東野家姊弟倆，守在東西之交的棄屋裡，叨叨呶呶，小聲，不是怕誰聽到，提防，生性使然，雖然此刻間諜罔效，因為，割禮賽區之內，每一個團隊只管自己的建築，無心旁事。而東野扒人，急中添忙，必須抓好功夫，趁勢，鬧裡揩人。不過，進出動線還是得仰賴「混帳東西」，因為，這些「混帳東西」的消息摻合賽區與營地，有準兒的，十之八九，畢竟，這些「混帳東西」往往親身出入兩地，善於斟酌動靜，即便撲個風、捉個影，也能掐算內情，多多少少相關，東野扒人總是得根據這些動向，微調路徑，把攬客的風險降到最小。

「噓！」東野淑以指壓唇，豎起耳朵：「有人來了。」

嘎吱一聲。

那裡！東野淑指向光隙中一絲煙塵。

「希望這廝是個好東西。」東野季嘀咕。

來人耳尖，立刻鬥上話語：「我當然不是東西，咱細人！」

「哦？」

「膽大才能撐得起！」
「當然！混帳的，膽子要比豹子大！」
「難怪人稱『豹子膽』！」東野淑被逗笑了，咧了嘴，隨即收起浮話，問道：「多少？」
「三名。」豹子膽回答。
「才三個名額？」東野季皺眉，嘟噥：「三個也扒？結果是一樣費勁呀！」
「三個照扒！」豹子膽也收起謔語，「咱混帳的，講信譽！」
東野淑瞪著弟弟，糾正一句：「扒人更是死生的大業！」
東野季吞吞口水，喉頭仍感乾澀，所以又嚥了幾次。
攬客的命？
好吧……東野季看著兩張板臉，提起勁兒，也抬起胸。
豹子膽遞出一張地圖，說道：「安全！這一次狀況特別緊張，所以篩了又選，濫了情，容易曝露，亂了通盤，又把後路斬斷。」
「的確！」

「放心！人少反而好辦，我跟姊姊一起擔當！」

「什麼！」換豹子膽拉高嗓門，「你們不是來跑跑腿、拿拿資料而已嗎？」

「藐視我們！」東野季瞪起眉眼。

「訓練！訓練！這是我們姊弟倆一起出任務，特別需要大哥幫忙！」東野淑努力讓言語拗甜，不膩，讓人不嫌。

果然，豹子膽瞬間軟了硬臉。

「好吧，加把勁兒！」豹子膽稀罕地露出微笑，「別丟了人，還丟了小命！」

的確，這活兒，每一步都是挺著險。

東野淑迅速瞄了地圖，腦裡同步認路，銘記，隨後遞給弟弟。

「這麼曲曲彎彎？」

「當然！人生就是迷宮……」

「拉直不行？」

「因為人生頗長……」

東野季張口，仍想懸河。

東野淑一把拉開弟弟，趕忙制止弟弟的粗莽，說道：「不容易，生存不易，大家都知道，躲了風暴又遇了雨，不過……一輩子就這麼藏頭亢腦的，也是挺有意思。」

東野淑三言兩語之間，褪了頹氣，換上積極。

豹子膽點點頭，給了女孩稱許的目光。

倒是東野季又忍不住反駁了：「誰要藏頭亢腦的？我真羨慕那些『高第』，每天乾乾淨淨、清清閒閒的……」

東野季拉頸，遙望遠方那半片黑幕。

高第啊，可望不可及……

黑幕遮光，幕後便是「高第」，而黑幕之攔，蔽陰之處，有十二條光盲巷，其間擁擁挨挨著的，是無可數計的工人帳篷，每一個都丟了身分，卻又殷殷盼望新生。

「我這『混帳』可不是徒負虛名喔，往來東西，是瞻前，而你們扒人，顧後，一邊放一邊收。」

「問題是……」東野季小心翼翼注意措辭，「怎麼閃？怎麼躲？」

「咦？大人沒教？還是你沒學好？」

東野季結舌。

「因此慶幸第一次任務就碰到您！」東野淑搶在弟弟暴怒之前緩了氣氛。

東野季張口。

「所以才給了地圖呀……」

意思是：之前的任務沒有地圖？

「當然沒有！」豹子膽直言，「萬一地圖弄丟了，不光是牽連多人，整個東野也可能落入危險。」

是啊，隱在長林的東野巨木萬萬不能露眼。

那麼，這地圖如何畫成？

「而且，地圖可信嗎？」東野季忍不住提問。

「不如，撕了它！」豹子膽說得輕鬆。

「大哥誤會了……」東野淑連忙緩頰，「弟弟的意思是，有沒有可能西城那邊故佈迷障？」

「當然！」豹子膽一笑。

「當……」東野季張口，猶豫，挑了別字來講：「當攔的……還是得提防。」

東野季看似懊惱，想要藏愚，卻被姊姊掀了底。

「那麼，大哥認為哪一棟樓最有勝算？」東野淑生硬地繞回重點。

豹子膽指著女孩手上之物。

對了，地圖！

東野季跟著探頭一望，只見地圖蒼茫，就跟地上景物一樣。

「好……」東野淑心裡盤算，隨即附耳叮囑弟弟。

東野季立刻閉緊雙唇。

「混帳的我，要繼續混帳去了……」豹子膽轉身，搖搖手掌，倏忽便不見人影。

陰暗噬光，甚至眼中光芒。

而光盲所在，噬吞身影或物件，不論潛形遁跡，都在轉瞬之間。

有天無日啊……

望著昏暗，頓時少了指責目標，東野季不禁脫口：「真是混……」

東野淑急忙摀住弟弟的嘴巴，輕聲細語：「生命的經歷，一一挨著，記在心上……」

啊！

這一記，關乎生命！

東野季瞬間轉念，洩放怒氣，從此把這個提醒揣在胸膛，心底仍然不免嘀咕：姊姊啊，妳怎能那般輕輕地吞、慢慢地吐？

啊，扒人，如此之重！

混帳東西

「接下來，去找熊心……」東野淑記得父親的叮嚀，第一次任務要人提攜。

「熊心？」

熊心？豹子膽？東野季心裡默念，嘴角噗哧爆出一聲輕笑。

東野淑知道弟弟的疑問，於是拍拍他的頭說道：「不可以嗤鄙人家的名號！」

哈！取這樣的名字，真是不害臊的囂張！

哼！東野季仍然憋氣。

「那麼，父親的『扒頭兒』又如何？」東野淑問道。

父親？當然不能混為一談！

東野季把話憋在嘴裡，臉上卻橫著逆叛。

「別忘了，咱們也算『混帳東西』喔？」
字面上，這「混帳東西」強調「混帳」，是貶意！
骨子裡，這「混帳東西」說的是「東西」，是人的根性！
東野季就是不想跟「混帳」相提並論，所以他吐了一句：「不一樣啦……咱們是幫……」
「我們也拿錢喔！」
這……東野季當然知道，生活！
東野季就是看豹子膽不順眼！
「可是……」
「你憑什麼覺得自己高人一等？」
高？
當然比不上那些「高第」！住的、吃的、用的，什麼都乾乾淨淨，甚至連呼吸也寬敞、新鮮，不像咱鼻頭前的烏瘴，單單眼下幾寸，混雜著悲憤與不幸。
東野季擤了擤鼻子，想把整個腦門內的渾濁抽盡。
「父親總是說：看重自己，但是不要看輕別人。」東野淑學著父親的口吻，也抱持著相同的心情。

看重自己？當然！

但是，看輕別人？

「所以，『混帳東西』點出了時局與實力！」東野淑深知教與學都要看準時機，於是又補了一句：「得有東西都會買帳的面皮與把勢。」

面皮？東野季摸摸自己的……

把勢？這麼想起來，豹子膽的確讓人感覺到一種挺立……

「也就是說，混帳東西不能沒有什麼東西呢？」

「膽識、勇氣……」東野季扳著手指，一邊細數父親的能耐，一邊用來重新衡量那個人稱「豹子膽」的。

「據說沒人見過豹子膽本人……」東野淑眸子漸漸放亮。

喔？

「咱們真是幸運！」東野淑此時才敢慢慢抒發心中的興奮。

混帳的英雄？

「我盼了好久哪……」

好了！好了！東野季知道姊姊的用意，於是嘟著嘴投降：「下一次我求他教兩招好不好？」

「人家未必願意喔……」

怎麼？這樣不行，那樣也不成？

東野淑噗哧一笑，摸著弟弟氣鼓鼓的臉頰：「不逗你了！總之，記住：活出真本事來！」

活？

「扒人者，扒街還得扒樓？」

「甚至扒胸貼肉？」

是的！是的！東野淑連連點頭，這兩句話也不時迴繞在她的心口，因為東野家的大人常常就用這兩句話彼此調侃，也提醒彼此：扒人者，是為了摸清世情，也是為了扒拉一些人面。

不過，東野季一直不甚明白。而此刻，他仍然似懂非懂，卻是身在其中。

「走囉，別誤了行程。」東野淑拘收自己，也要拉著弟弟。

嗯！東野季點點頭，把氣惱暫拋。

果然，扒人，先得扒上自己。

◆

出了東野，會見豹子膽，向南，漸離西城邊緣，再遠一些，便是進入割禮賽區。

舉目未定。

這未能安定的，除了建築物本體，還有隱形的慞惶人心。

不見西城的明淨，也不見東野的蒼霧。

雖然建築工事已近尾聲，敲敲打打籠罩許久之後，一切浮動，甚至包括錯覺，都在空氣與塵粒之間游移。

東野季釘在原地，看似怔愣，卻又張望，兩顆眼珠轉來溜去，努力釐清當下情境，然而，現況與想像相距太遠，以至於陷入痴鈍。

「原來，我只會滿口扒人啊……」東野季喃喃自語。

東野淑聽出弟弟話裡的懊惱，所以說道：「想像與真實的差距，以前的我也是如此，別擔心，你的腦袋會慢慢自動調整……」

不會吧？東野季困在自己的視界裡，無法舉步。

幸好東野淑心中有路，不僅僅是因為曾經參與任務，豹子膽所給的地圖也幫上大忙，而且正如豹子膽所言，景物更替，但是配置照舊，營區紛亂但是有序，建地上的假樓各自屹立，因為每一幢建築都是新穎設計，看起來既熟悉又陌生。

「有意思。」東野淑忍不住詫喜：「晚一點再來評比！」

東野淑其實十分喜歡建物的設計與創意，然而，割禮之競爭與殘酷卻是無可否認的。

熊心

熊心，約在光盲巷尾。

問題是，每一條都是光盲，哪一條在前？哪一端是頭？

東野季跟著姊姊，暈了頭，轉了向。

「很簡單！」東野淑揚起頭，噘唇，說道：「數數十二樓……」

一、二、三、四……

於是，東野季一邊偏轉頭頸，一邊默數大樓。

蜂湧、蟻陣、基因突變、觸類旁通……

都是假樓！命名倒有學問！

第十二樓，大環境！

東野季眼睛放亮，再次對焦，看見一組巨大扇葉亟欲繞著軸心打轉。

懂了！

原來，東野淑跳開格局，並不直接進入內部，而是先依傍賽區外側，從建地走到營區，再循著帳篷外圍，就能比較近似俯瞰地圖的角度綜觀整個西南。

這才是傍觀之道啊！

「學到了！」東野季拉拉姊姊的背袋。

「很好！」東野淑眉眼溢笑，嘴上靜肅。

東野季心裡明白了，這神情說的是：任務，執行中。

◆

營區外圍幾乎都是涵管。

「這是把人圍著嗎？」東野季問道。

「也算吧，」東野淑回答：「不過，這兒綁人並不是地理，而是生理。」心理吧？東野季私下以為人心困疲，住在帳篷裡，哪兒都能去卻是哪兒都去不了。

東野淑順手一指，說道：「總之，這一條涵管連線，當做引導。」

東野季點頭，記到！

「涵管屋住起來比較舒適嗎？」東野季問道。

怎麼會？

少了森林庇蔭，怎麼躺都是燥鬱！

東野淑想起前一晚的輾轉，靜謐深藏，藏在長林，也藏在心中，大口呼吸就能抽取，用來調氣，也用來對抗喪志。

不過，東野淑明白弟弟問的是比較題，相較於帳篷，涵管可以塞入一塊板子，便有上下兩個隔間，上層可以鋪做軟鋪，下層置放行當。

也有不隔的，擁有一個伸手可及的「天空」。

管上疊管，是否可以假裝「高第」？

至於帳篷，裡外都是喧囂，往往只能墊個底，儘量離地。

「就是不能鬼吼鬼叫，轟到自己！」東野淑以掌心壓住耳朵，開個小小玩笑，試圖轉換心情。

「誰這麼蠢！」東野季立刻反唇。

「當然是你啊！」

「哼！」東野季抬起下巴，陪著演出臨場的散逸。

循著涵管屋，東野淑和東野季，緩緩前進。

牆

涵管屋是牆，有形也無形。

向內為賽區，自由搭篷，分區，實則無人管理，但是，為了生存，人人都得賣力，潛規則就是死皮賴臉，等待假樓竣工，搶到脫逃時機。涵管連線向外則是更厚的沙塵，再遠一些，僅剩耐旱的植物，稀稀疏疏，俯仰天地。

◆

姊弟倆表現熟鄰熟面，其實眼珠溜溜打轉，東野淑偷瞄假樓，私下評比，為了興趣，更為了預測結局。

東野季則是東張西望，想要標記，無奈，一瞥就是底線，同中無異，近在眼前卻是遙不可及的陌生，一色死灰盤據視界，侵占思緒，幾乎沒能發現什麼特殊的印記。

「只能用來攔人！」東野季推敲，涵管線也是一堵牆。

「是人自願……」

「誰想住在這種地方？」

「還有別處嗎？」

「咱們那兒也許……」

「除非你讓出自己的？」

「……」東野季猶豫。

是了，事不關己的時候，總是說得容易，假如這些人都湧向東野，甚至長林，東野一家恐怕就會率先搬離，甚至土地本身，也會無法容納。

「換個角度來看，這些人願意住在營地，」東野淑停下腳步，「你瞧，他們很能適應的……」

順著姊姊手指方向瞧去，一頂帳篷掀開門簾，門口竟然有一盆小樹，一個小男孩蹲著，盯著小樹，上上下下打量每一片綠葉，彷彿未曾見過一般。

「好像我……盯著眼前這一切……」東野季瞬間理解自己的感覺，轉身，逕自走向帳篷。

東野淑來不及攔阻，只好跟著後面。

叢林男孩與花博士

一頂小小的帳篷，一個小小的身影。

然而，那樹，竟然就是一座森林。

東野季出了神，蹲了身，他看見葉片縫隙裡面是更多的樹，小男孩追著小男孩，他甚至聽見笑聲。

「一起玩？」身旁的聲音問道。

「只有你？」東野季忽然一顫，瞧見一張小臉：「一個人？」

「是啊！」

「你，一個人住帳篷？」

「『帳篷』？」小男孩微笑地說：「不是喔！我住在『叢林』！」

叢林！

東野季頓時紅了眼。

小男孩指著小樹，認真說道：「一樹一叢林！」

「說什麼『一樹一叢林』！」東野季轉而噗哧。

一花一世界才對呀！

東野季記得這麼一句，不過，忘了是誰說的？

「也有『一朵花一天頂』喔！」男孩認真地指向更深的營區。

「要有花就有花啊！」東野淑眼睛也亮了，慢慢探進。

果然有一座花園，而且都是花苞！

金屬？木造？

然而，花，一朵一朵綻放！迎人！

隨著腳步，花蕊漸漸開展？

東野淑喜歡這個機關，她不禁舉高手掌，想要摸一摸花瓣。

「別碰！」一個沙啞的聲音制止。

誰？

東野淑的眼睛找到最遠的一朵花，花托之下竄出一個人頭，身材應該跟自己一般高吧？

「正在收集情報喔！」叢林男孩大聲說話，幫著解釋。

情報？收集？

「花是假的，怎麼會有蜜蜂和蝴蝶捎來季節的消息？」東野淑嘴邊喃喃，不是嘲諷，卻是淡淡的憂鬱。

畢竟，這漫天的，不是光，而是盲。

此在，在割禮賽區，在零工營區，只有黑夜與白晝，沒有季節交替。

「咦？扒人竟然不認識這個東西？」沙啞的聲音中帶著懷疑。

也就是說，扒人最好問一問、學一學，並且納入身懷之技？

「請教！」東野季於是順著持論的話尾，表情還帶著沐浴叢林的欣喜。

「收集塵粒！」叢林男孩搭嘴。

若說塵粒，東野季便有了線索，於是試探：「難不成要預測賽局！」

「對啦！」

「這可是花博士的專利喔！」叢林男孩又說。

「花博士？」東野季盯著眼前的男子。

一身的襤褸呀……

「所以？」東野淑急忙收話，瞪著眼睛，用力表示不能明說的那一句。

「哪一棟會贏？」叢林男孩卻把這一句撿到嘴裡，而且說得字字清晰。

東野季阻止不及，只能東張西望，希望沒有引起誰的注意。

「放心……」花博士自己倒是坦然，「根本沒人在意，或者應該說，結果如何並不要緊，重要的……」

花博士以指壓唇，話語在口中滾出喁喁。

東野淑緩緩偏頭，似有領悟，但是不確定。

完全無法理解的是東野季。

「我的叢林有感應！」男孩一臉肯定。

花博士摸摸男孩的頭，笑了笑：「謝謝你！」

叢林男孩更加強調，指著帳篷口的盆栽說道：「你們看，樹梢偏向哪裡，光就在那裡！」

這是童言？

「好像也有道理……」東野季眼睛一亮，憶起東野長林裡的群樹的姿態與光影。

「那麼，借你的叢林一用吧？」花博士忽然有了靈感。

「用？」男孩既困惑又為難地搔搔頭，「做什麼用？」

該不會砍了吧？

男孩眼睛瞪大。
花博士給了保證：「放心，不會讓它枯了！」
「怎麼用？」男孩把「用」和疑問一起放大。
「站在花下。」花博是簡單地說。
就這樣？其餘三人心裡幾乎同時提問。
「為了催化，我會動點手腳。」
手腳？
「總之，不能害我的叢林死掉。」
「死不了，說不定還可以救活很多人。」
東野季忍不住大聲：「救人？怎麼可能！」
花博士不做解釋，逕自搬走小樹。
叢林男孩沒有阻擋，顯然同意了。
「好吧，我想看看你，喔不，是這小樹，怎麼救人？」東野季的話裡充滿質疑，臉上卻是未見敵意。
「怎麼做都好，」東野淑對著弟弟說道：「分秒緊逼。」
然而，就算遲了，也無干係。

東野淑心底掐算時間，擔負責任，但是沒有絲毫希冀。

「總之，小樹只是用來輔助，我的研究可是累積不少數據喔。」花博士笑著說，仍然一派執著與投入。

數據？計算塵粒？東野季眉頭微微一揪，現在還能扳指頭嗎？只剩半天！

半個天？東野淑抬頭一望，忽見一條閃光，脫口大喊：「危險！」

叢林男孩恰好站在落點！

◆

東野淑出手，推開男孩。

花博士也出手，攤掌，正好接住一隻蜂。

「危險！」東野季接了姊姊的動作，一把抱住男孩。

東野季心頭怦跳，因為，他知道蜂螫，除了疼，還會要人命！

「放心！」花博士輕鬆地說，兩指掐起，將蜂隻湊近大家，「這是假的！這是我的『蜜』探。」

探蜜？
光禿禿的割禮賽區不是灰就是塵，哪有花草生存的餘地？
花博士又抬起左腕，得意地說：「封密！全在這裡！」
蜂蜜？
東野淑看著花博士的左右手，聯想其中的關係。
東野季也是，但是，沒有任何經驗根據，那感覺，猶如踩在林霧裡，並不覺得恐怖，似乎一探手就能觸及，至於觸及什麼，卻是無法具擬。
只見花博士輕碰假蜂的肚子，假蜂的翅膀收合，看似沒有攻擊慾，應該也沒有攻擊力，花博士將牠收進胸前口袋，接著在左腕上按按壓壓，原本的膚皮竟然出現一個小方框，會動的！
「膚皮當然仍在腕上，可這動態，是錄影……」花博士語氣高昂，卻壓低嗓音。
祕密？
東野家姊弟轉動眼睛，態度謹慎，叢林男孩也提高警覺，收起頑皮。
「你的發明？有何目的？」東野淑幾乎唇語。
點點頭，花博士滿臉笑意。

「探誰的密？」東野季的悶聲問道。

花博士放眼高處，若有所指，但是不發一言。

懂了！

頓時，空氣凝結，東野家姊弟不知如何處理如此突來的情節，更不知道這一耽擱是否會在稍後的任務中產生助力或阻力。

「那麼，假樓的祕密也在蜜蜂的肚子裡？」東野淑努力問對問題，希望獲得助力。

花博士點點頭。

「所以，哪一棟樓會贏？」東野季跳過推測，直接指向偵查。

「已經報上去。」

報？

上去？

東野淑和東野季同時仰首。

「你是高第人？」

「你幫高第做事？」

花博士對於東野季的問題稍有反應。

「好吧，想必是為了錢？」

「但是，你對我們透露這些，應該還有別的目的？」東野淑多想了一些。

不只一些！

東野季又嘔了，就氣自己總是慢鈍，只能跟著湊嘴：「你到底幫誰？」

花博士一笑置之，輕輕拍著口袋的東西：「明知就裡，針啊，應該藏在肚子裡。」

蜜蜂的肚子？

針？

「你不怕上面發現？」

「所以才要逼針？」

逼針？

「剖開蜜蜂的肚子？」

「然後把內容整理、整理。」

「還要多久？」

「總之，希望來得及。」

這談論，聽似具體卻打著啞謎。

東野季迷懵，在兩人的對話裡，要推要理都來不及。

◆

跟不上花博士與東野淑的談話，東野季放棄推理。

「你會繼續留在這裡？」東野季索性理一理叢林男孩。

「我剛剛忽然想……」叢林男孩猶豫。

想？東野季等待，而男孩似乎在叢林裡躲躲閃閃。

「我想跟著你……」男孩囁嚅：「你們……誰都可以，總之，我不要再落單了，在這裡……」

叢林男孩轉頭看著自己的小帳篷，又回頭看著東野季，那表情複雜，說不上嫌棄，似乎隱含更大的希冀。

這「大」，一直被鎖在男孩的眼睛裡！

東野季心底一震，爆出衝動一句：「當然可以……」

「不行！」東野淑突然插入嚴厲。

「我是開玩笑的……」男孩搶話。

叢林男孩未見受傷反應，倒是立即改換神色，不夠自然地強調自己的俏皮。

東野季來不及抗議姊姊的冷淡拒絕，更來不及接受叢林男孩瞬間翻「臉」的把戲，東野季轉而厭惡自己。

怎麼回事？

東野季頹喪至極，抱頭，蹲下，很想立刻縮回自己的臥室，躲進大樹的肚子裡。

◆

「玩笑……是必要的。」花博士說得嚴肅，表情上與字面上各持異議。

男孩更進一步強調：「住在叢林比較開心……」

叢林！

東野季想哼都懶了，隨便你說！

「總之，先過了今天……」東野淑嘴裡給了軟釘。

花博士敲敲手腕，唸著：「正確來說，還剩十小時，喔不，九小時五十九分五十九，喔不，五十八……」

好啦！

倒數！倒數！東野季明白！

「所以，蜜蜂怎麼說？」東野淑忽略弟弟的面色與情緒，想著正事。

蜜蜂？

還在打啞謎？

「撩撩虎鬚如何？」

「是啊，冒險才能求路？」

「聽人鬼扯！」東野季再也無法壓抑無名之火。

「人鬼其實一路喔……」花博士湊近，臉龐，瞧見怒火在東野季的眸子閃燃。

「晚一點再解釋。」東野淑按住弟弟的肩膀，示意：走囉！

東野季垂眼。

「怎麼辦？我的樹？我的叢林……」男孩這才認真焦急起來了。

「放心，一時半刻還枯不了，」花博士嚴肅以對，「不如，你來當我的助手？」

男孩睜大眼睛，瞧著東野季。

「別問我！」東野季冷冷地回答。

「你自己決定，真的，不能一直待在這兒。」東野淑說得委婉，但事實如此，過去和未來也都會像這樣：各尋死活。

花博士把事實戳破：「重點在於行動，動了，應該就不會是尋死，那麼，要能確保尋活，就得蒐集並且分析線索。」

懂了！

「我當幫手！」叢林男孩露出高興。

東野季瞅了一眼，淡淡地說：「這樣……就不會來纏我！」

叢林男孩衝上前，把東野季緊緊擁著。

而東野季僵了，兩隻手懸在男孩背部上方，微微顫抖。

「哎呀……別這樣，再見，把『再見』當成任務！」

男孩鬆手，站在博士身邊，擠出笑語：「記住，又有任務了！」

東野季點頭。

東野淑看著花博士，說道：「再見！」

「再見……」東野季不是不肯走，就是覺得有些什麼藏在這次相遇的背後。

背後。

東野淑背後馱著十二樓，只是沒說。

十二樓，背後又是什麼？

◆

一、蜂擁

六邊形結構，可以用最少的材料建造寬敞。

二、蟻陣

傾斜出最大的表面積，增加太陽能的接收量。

◆

任務的背後，東野淑私下用興趣斟酌，當然，實際上也費心研究。

所以需要助手。

這助手，不能僅僅守護一棵小樹！

◆

「走吧！」東野淑提醒，「該去跟熊心碰面了！」

東野季仍然頹著頭、悶著氣。

東野淑十分明白，這是平行世界的衝擊，幾年前，自己也是這般無力，以及更多的憤恨，裡裡外外，不單來自環境，還有人謀。

明擺著的人謀，是企業，搶著蓋樓。

暗中摸摸索索的人謀，是扒人集團，只能拴束最少的行當。

◆

東野淑穿出營區，回到涵管屋之牆。

「怎麼又跑出來？」東野季提問。

「抽離。」東野淑一語雙關似地，指著牆說：「以牆為準。」
牆在眼裡。
牆在心裡。
「但是我得帶著你，所以我得時時刻刻抓住方向。」
「我不需要牆！」
「好累啊！」
「還不算正式開始哪！」
「我是說姊姊你啊……」
「啊……哈、哈，」東野淑轉了語氣，「所以才要你記住：以牆為準。」
東野淑面向涵管屋之牆，張臂指向：「你學著！」
東野季於是模仿姊姊動作。
「日頭裡來，暗裡不去。」
「日頭裡來，暗裡不去。」東野季唸出懷疑。
來處，是集光的長林。
去處，難道不是人間地獄？
「字面上來說，」東野淑解釋：「把涵管連接成為一條線，無論怎麼拐、怎麼彎，只要找到牆，立刻可以校正方向。」

也就是說，以牆為線，不管探入營區多深，回到牆邊，便能重新定位，而此刻，建地裡的大樓，才見兩幢！

哇！所謂明暗，還有這一層文字機關！

東野季雙手一振，說道：「長林裡來，高第不去。」

「還要嘴皮？」

「這樣我才能牢記！」

「好吧！」東野淑瞇眼瞧著，又說了一句：「還有隱形的牆，記住：以牆為限，如果承受不了，就不要逞強！」

不是逞強？

是撞牆！

東野季摸摸自己的鼻子，不好意思地承認：「提起叢林，我的心就亂了！」

「這是想家！」

「怎麼會？」

「因為你也是叢林男孩啊！」東野淑微笑：「而且，你沒伴！」

沒伴？不是吧？

有姊姊和大家！

東野季不明白，叢林男孩跟自己沒伴怎麼扯在一塊？

「不一樣，所以才讓你出來見見世面。總之，萬一迷路了，記得：回到牆邊！」東野淑又繞回眼前。

心底暫時擱著疑問，東野季點頭，牢記。

以牆為線。

以牆為限。

◆

三、基因突變

正意與反意聚合，明明是兩股螺旋的長鏈被打斷了。

四、觸類旁通

風浪和水流一起透明，不老不死的觸手其實是耳朵。

◆

牆在那裡，涵管屋便是端點。

由端點放射出去，營區一片鬧，鄰居人人通好。

也就是說，鄰居其實陌生，大家都是賣命人。

也就是說，可以隨時轉彎，只要目光拉縴，心中便能一直連線。

東野淑跟了幾次任務，牢記的，就是這麼兩點。

其餘，只能隨機。

「不如，先去捋捋虎鬚……」東野淑嘴上才改變主意，腳下立即轉入另一條通道。

虎鬚？

所以方才的啞謎是指這個？

東野季皺眉，說道：「看來，我們走進動物園了！」

「哈！你沒有氣笨嘛！」東野淑開起玩笑。

「當然生氣，但是沒暈也沒笨！」

「任何人、事、物都可能是線索！」

「我知道，那個叢林也是！」

「量力！」東野淑直視弟弟，說道：「你擔心那個男孩，我明白，但是，先看大局，才有機會抓尋枝節。」

好吧……

姊姊的目光嚴厲但掐著道理，東野季心肚覺知，但是目光閃避。

老虎鬚

東野淑抬頭，默默算準了四幢樓的距離。

不能不用眼力！

拐進營區。

大同之中可有發現小異？

「找什麼？」東野季看不出任何標的。

塵勞，襤褸，擁擁挨挨的帳篷，偶爾幾頂孤立，卻是頹唐無比。

「虎鬚當然是在老虎嘴邊啊？」東野淑說得模糊，因為她也在詢問自己：虎鬚，是虛擬還是具體？

所謂虎鬚，這隻老虎想必離群。

「一頂，索居。」東野淑如此告訴弟弟。

這麼一說，目標彷彿自動搶到視線之內，然而，那並非帳篷，而是一顆蛋！銀蛋！

越近越閃！

一趨近，才瞧見中間有一個掀開的大口，似乎吼著：「閃！」

躲！東野季心上一驚，腳下便一頓，停了下來。

東野淑卻逕直走上前去！

彼方，一個老人，坐在銀蛋之「門」，兩腳落下門檻。

所以，這銀蛋，離地幾吋？

◆

哪裡有虎？

一個戴帽戴著眼鏡的老人，一把不長不短的鬍鬚，外貌有些嚇人，但說他是老虎？

東野季跟在姊姊身後，憋住呼吸。

「請問……虎鬚濕了幾根？」東野淑表示禮貌，卻問得沒頭沒腦。

老人從書頁上移開眼睛，抬頭，瞅著。

「誰告訴妳？」老人不帶怒氣，卻是質問。
「探細人。」
「哪個？」老人擱下書本，起身了。
東野季不禁後退，伸手想要揪住姊姊的衣服，讓她遠離一些，但是遲了，東野淑三兩步挨近，仰著面，直視老人。
危險！東野季在心裡驚叫。
只見東野淑毫無懼色，伸手一揪，老人下巴遭了不「測」！
一揪又揪，力道輕重不等，不似挑釁，倒像說著什麼。
老人也凝神，傾注專心。

◆

「借了膽呢？」
「嗯，豹子膽。」
「管用嗎？」
東野淑微笑，點點頭問道：「就看爺爺怎麼說？」

「哈，稱爺呢！一起叫我『老虎鬚』吧！」

東野淑又點點頭。

「原來虎鬚就這樣……」東野季喃喃自語。

「別小看！」老虎一哼。

「虎鬚濕了幾根？」東野淑拿著舊題追問。

虎鬚？濕？幾根？這是什麼問題？

這一路跟來，東野季的腦袋有一團東西在打轉，無形，轉起來不著邊際，但是漸漸擴大，一會兒出現叢林男孩，一會兒出現花博士，這會兒眼前又來一個怪裡怪氣的戴帽老人，總之，都跟任務有關，東野季當然知道，問題是，有何干係？如何牽連？

「唉，一堆啞謎……」東野季還是喃喃自語。

「沒有半根全濕，濕了七、八分的只有一根，小濕一截的，倒有五、六根。」老虎鬚回答。

東野季一聽，發出哀號：「這……說什麼……」

東野淑並非全然明白，但是知道關鍵所在。

濕度。

濕度，從虎鬚看得出來。

「看不出來！」老虎鬚摸著下巴，口氣決絕但是眼神透露光采，他補充：「完全得靠精密的儀器測量，哪！就是那幾根東西！」

東野家姊弟順著老人手指方向，轉東又轉西，果然看見銀蛋開口兩側有幾根細鬚。

「金屬？」東野淑問道。

老虎鬚點頭。

「所以老虎鬚是指這個！」東野季小呼。

老虎鬚又點點頭。

「我倒覺得『人』如其名，而且挺鮮活的！」東野淑嘗試開起玩笑了。

「同感！」老虎鬚又抓抓下巴，「事實上，整顆蛋有感，陽光一火它就閃，夜裡當照明。濕度變化就看這幾根金屬鬚是軟還是硬。」

軟硬？

金屬能彎？

東野季越聽越煩，然而，東野淑的態度自始一貫，不慍不嚷。

「所以，情況如何？」東野淑坦直、多問。

◆

銀蛋，整顆有感？

金屬鬚，測量濕度變化？

沒有半根全濕，濕了七、八分的只有一根，小濕一截的，倒有五、六根。

老虎鬚？

東野季的挫折已經爆表，什麼「表」？正如他自己難以解釋也無從形容。

鬼！

東野季甚至只能謾罵，沒有對象！

◆

「沒有半根全濕，就沒有降雨可能，一直以來都是這樣，所以『割禮』才能順利舉行，喔不，我倒果為因了！應該是說，沒雨，天空才好劃。濕了七、八分的只有一根，表示風在跑，小濕一截的，倒有五、六根，表示晚上露冷。」老虎鬚一一解釋，像是自言自語。

東野淑男開言語，只問她想要知道的：「勝算最大的是哪一幢？」

「這……問得太簡單！」老虎鬚皺起眉，牽連鬢毛一起曲捲。

東野季心裡咕噥：我卻連問都不會問！

◆

對了，坦直多問！

東野季瞬間明白自己的鬱躁，全是沒來由的「自以為是」與「不以為然」！

自以為是，阻斷反思。

不以為然，忘記察看。

感應！

東野季告訴自己：心眼串聯，好比那銀蛋，整顆有感！

◆

「問題不是這麼簡單……」老虎鬚鬥眉，瞪人，語氣柔軟卻尖酸：「再厲害的科技也會輸給人……」

人！

「而我們專門扒人！」東野淑倒是揚起眉。

「兩面不是人！」老虎鬚給了忠告，「扒光壞人也不會有更多好人，總之，問題不是這麼簡單……」

東野淑點頭，問道：「所以囉，爺爺要不要幫忙介紹一顆厲害的臥蛋？」

撒嬌？東野季從沒見過姊姊這副模樣！

但是老虎鬚笑開了下巴，眼睛因此埋沒鬍鬚之中。

這一幕……讓東野季受到影響，一直懊悶的胸口此刻才稍稍放鬆，也總算可以跟著提問：「還有一顆？」

科技蛋？

金蛋？

「哈哈！」東野季不禁笑出聲音。

「你可以多笑笑！」老虎鬚這是建議？反諷？

東野季淑則替弟弟說話：「緊張嘛，他在家裡常常笑得讓人摀耳朵！」

「姊！」東野季紅頰抗議。

「沒問題！」老虎鬚仍然一語雙關，不過態度親善許多，因此消彌東野季的戒心。

老虎鬚附在東野淑耳邊，嚼舌！因為，既是「臥蛋」，祕密當然不能說穿，所以必須留在鬍鬚裡邊。

◆

兩面不是人。

扒人，難道不是「帶走苦人」？

兩面不是人，這一邊是苦人，營區裡貧困的勞工。那一邊是高第人，所謂的「富貴在天」，天邊是權力與財富的殿堂。

所以才說「兩面不是人」！

東野季稍稍能懂，但是，他以為這一趟任務只是單向，只需要運送苦人，不會碰到高第人！

東野淑看穿弟弟的擔心，因此安撫：「不會去找渾蛋！」

「別開玩笑啦！」東野季真的擔心。

「對不起，嚇著你了？跟著我就對了。」東野淑願意說明詳盡，但是，時間驅趕。

◆

東野季決定不再興問，打開感官，頂多瞎碰！繼續尋找細人。

然而，這一路襄助之手，需要幾雙？

◆

「怎麼？放棄啦？我寧願你哼哼唧唧？」東野淑一邊尋路，一邊問心，弟弟的憤心。

「哼哼唧唧？」東野季給了一睨：「我又不是嬰兒！」

「這就對啦！好歹你得出聲，我才知道有伴。」東野淑笑著。

伴？

絆？

「走吧，去找另外一顆蛋。」

「很遠嗎？」東野季才一開口立刻低慚，他怪自己不動腦筋，因為這營區說大不大，就是一個迷陣！

迷陣，所以東野淑每每要回到涵管屋線上。

◆

「對不起！」東野季立刻記起：「記住了，回到涵管屋連線。」

東野季在揚塵裡穩住腳步。

東野淑點頭，微笑，她知道，把眼前的亂局看進眼裡已經十分困難，更何況還得摸清去向。

「三年！你肯定能像我一樣，喔不，甚至更強。」

東野季疑問：「三年？變樣了吧？」

「嗯？一樣亂……」東野淑老實講，「但也亂出個縱橫，所以我才能帶著你，那裡探頭這裡蒙眼就鑽。」

探頭！

蒙眼！

「說得真輕鬆……」東野季咀嚼這用詞裡的釋然，其中必有批點！至於批什麼，東野季無法確定，畢竟，這時局，大家都怪高第人。

◆

五、美得冒泡

遮天的泡沫，分散壓力，包圍流動的生命之液。

六、風流

不論大小與方向，只要得空，攀高是唯一美夢。

◆

「好吧，我承認……」東野淑悠悠地說：「麻木，最難……」

東野季立即接口：「我以為妳會說：憎恨高第人。」

「高第人也是依著生存本能。」東野淑口吻理性，如在申辯。

「我知道，父親跟叔叔說過的，留下或離開都是衝著機會……」東野季想起父執輩的言談。

機會，得要能飛！

東野淑說出冷語：「機會，得要能飛，聽起來很奇怪對不對？但是，高第人的信仰就是這樣，寧可越住越高，免得呼吸塵灰。」

「問題是，塵灰哪裡來？得怪高第人啊！他們一直砍樹、造地、蓋樓，地面混濁，就往上躲，結果呢，樹不能活，人也不能活！」

「苦力總有法子，得過且過……」

「只能趁著蓋樓的時候！」

「所以咱們插手，」東野淑試著緩和弟弟的憤懣，「還有一些臥蛋幫著。」

臥蛋？

調侃卻傳神！

被這渾號逗樂，東野季的低眉霎時舒展開來，鼓起胸膛，他說道：「玩笑……是必要的。」

這是花博士的箴言。

◆

玩笑，果然是苦力的尼古丁。

「沒人哭喪著臉……」東野季邊走邊說。

一頂又一頂的帳篷裡外都能聽見談笑呵呵，因為勞役歇了，不見疲倦，反而是意興盎然，鑽過來竄過去，交換飲食，好似慶典一般。

東野淑懂得，這是裝鬧。

「明天不要來吧……」東野季忍不住發願。

「不可！不可……」東野淑搖搖頭，「明天開啟未來，未來怎麼走就等那一刻……」

東野季心情驟跌，說好不懊惱的，他紅著臉皮，壓著肚子裡的和歌。饑腸拍鼓了！

「對不起，忘了給你吃一點東西……」東野淑微笑，帶著歉意。

東野季聳肩。

東野淑並未停腳步，她一邊走一邊伸手探進袋子，撈出東西，遞給弟弟。

「不是『磨嘴』？」東野季張口驚問，大失所望。

東野淑搖頭：「哪有時間嚼多！」

「怎麼夠？」東野季摸摸暴動的肚子。

「你嘗嘗，『養水』只需要一顆。」

東野季不是懷疑，他早有聽過，只是一直未能親見，原來，「養水」只給「扒手」，所以此刻自己可以嘗一嘗？

「這是『東野珍珠』。」東野淑又說，「長林呼吸的精華。」

吮了一口，東野季頓時渾身舒活起來，忍不住驚嘆：「真的！有樹木的芬芳……」

東野淑自己也吮了一顆「養水」，腳步更見骨力，東野季不想示弱，因此奮身跟上。

◆

一列遊行隊伍迎面而來。

東野季看見一朵黑雲。

抓住東野淑視線的是一團白色泡沫。

然而真正製造騷動的幾個尸人，骷顱頭頂在脖子上，走起路來東搖西晃，下一刻可能就要扭斷。

「這是歡樂還是悲傷？」東野季不解。

「也是玩笑吧。」東野淑借用花博士的語言。

「高第人不管？」

「應該是營長包容。」

「營長？」東野季神色有些張惶，「會不會抓人？」

「不會，計算勞力，所以營長幾乎不會出面，每一幢大樓也有各自的工程團隊，對於這些生活日常，往往放任。」

東野淑指著遊行隊伍又說：「何況，明天過後，割禮完成，這個營區就會棄置一段時間，直到新的競賽開始籌備。」

「多久？」東野季追問：「苦力呢？繼續住在這裡？」

「不可能，因為所有日常供應都被抽走了，」東野淑解釋，「可能只有涵管屋留在原地，以及吞下敗仗的大樓，在等待中慢慢變成廢墟，至於多久？誰也說不準，就看高第人的需求。」

「什麼需求？」東野季又問。

「可能是一廳兩房？或者是一座小花園？」東野淑笑了笑，指著半空說道：「也可能是一座天空之橋，用來拴住太陽和月亮。」

「這是什麼玩笑！」東野季繃著臉，抗議姊姊欺負新扒手，暗暗責怪自己什麼狀況都不懂。

東野淑也像是打鬧自己，嘟起嘴，輕輕一拍：「瞧我！這樣也算是歡樂的悲傷吧，走一走，玩一玩，應該可以讓身心衝擊緩一緩。」

衝擊？

明日曙光？

東野淑又往天一瞧，天色開始薄稀，十二樓，還差六幢，得趕一趕！

圓規與方矩

「臥蛋！」東野季一眼便看見目標。

這麼好找？

會不會是偽裝？

「六條通之底……」東野淑心裡也有底。

東野季趨前，瞧了瞧，敲了敲，問道：「玻璃？」

「喂！請勿動手！」裡頭一聲叫嚷，沒有惡意，聽似提醒。

東野季立即縮手，縮了腳，表示最低程度的友好：「失禮！」

「沒關係！其實這屋子很耐敲！」另一個嗓音，一邊出聲一邊探出一個頭。

「見客！」

「影匿形藏！」

兩個聲音在玻璃蛋裡喧嚷。

「搞什麼鬼名堂！」

「靜觀其變！」

東野家姊弟倆，一個不禁浮想，但是揣測無處盤根；一個等待分秒，知道遲早蛋破飛雞，絕非惡蟲。

果然，不消半刻，玻璃蛋整個曝光，裡頭擺著兩張笑臉，一方一圓。

「歡迎『光』臨！」

「喔，我們有十色五光，最新的『雲彩』是混芒，保證好看！」

一方一圓的笑臉搶著報狀，不讓來客先說意圖或者問訊。

「哪一棟樓最有勝算？」東野淑搬出老問題。

就一個段子？一個問題從頭問到底？

這麼簡單！我一個人就能闖！

東野季臉上一陣輕飄飄，以為自己摸清了姊姊的「橋段」，他心裡想：下一次自己搶先開口！

這麼一灌迷湯，壯大了膽，也睜亮了眼，東野季查看「玻璃蛋」，裡面幾乎空蕩蕩，物件兩樣，應該是盒子，也是一圓一方。

◆

兩張臉，一圓一方，圓的胖，習慣縮著睡；方的瘦，喜歡橫著躺。

兩個盒子，也是一圓一方，圓的，冒著青翠的綠葉；方的，頂著一枝花苞，要開不開的，就怕沒人來嗅芬芳？

「我是圓規！」

「我是方矩！」

「這裡沒法沒天！只管『維他命』。」兩個人齊聲介紹處所，似乎表示心力一同。

「我種菜！身體『維他命』。」

「我種花！心靈『維他命』。」

一個摘了菜葉，往嘴裡塞，呼嚕地說：「鮮脆！一摘就長！」

另一個銜著花朵一邊嗅一邊說：「芬芳！聞了就香！」

兩個人邊說邊示範，驕傲地展示寶物。

「哪一棟樓最有勝算？」東野淑但用老問題忽略兩人的言詞，想要打住所有的嬉歡。

「冷面！」圓規盯著女孩的漠然。

方矩也說：「冷心！」

東野季這會兒竟然微微點頭，不與姊姊並肩而站，他接近兩人，好奇地問：「光禿禿的玻璃蛋，怎麼種菜養花？你們倒是說個所以然！」

「就是等你這麼問！」圓規和方矩一起拍掌。

於是圓規指東，方矩指西，繞了一圈又回到同一個話題，兩人齊說：「蛋裡乾坤！」

◆

這是一顆悶蛋。

蛋中弄乾坤，全靠蛋膜。

圓規說：「植物生長的要素，譬如光線、溫度、濕度、空氣都集結在這麼薄薄的一層蛋膜。」

「那麼土壤呢？」東野季想起叢林男孩的小樹，起碼他還有一小盆的土壞，並不肥沃，能活，一定是小樹的生命力十分堅韌。

然而，青蔬紅花，這麼嬌嫩？

方矩說：「我們有『混凝土』！」

混凝土！

「就是混凝土逼得樹木走投無路！」東野季為林木發出忿忿之聲。

「大樓太多，樹木夭折。」圓規也附和。

方矩接著說：「所以我們才研發『混凝土』，紅、黃、黑，比例不同，然後攪一攪、和一和……」

「等一等！」東野季打岔：「又不是在調顏色！」

方矩微笑回答：「差不多！」

怎麼可能！東野季張口，表示語塞。

圓規見狀，努力再給一點解說：「簡單來講，養菌就能養土，讓這些微生物自生自滅就能一直生成腐殖質。」

「拿什麼養菌呢？你要問這個對不對？」方矩瞧著東野季。

「蛋裡乾坤！」圓規又說一遍。

「維他命？」東野季立刻接問。

圓規和方矩一起拍手，說道：「聰明！」
「光養菌！」圓規指著蛋膜。
「所以蛋裡都是菌？」東野季一驚，退了兩步。
「眼不見為淨！」方矩戲語。
圓規安慰兩句：「放心，不會咬人！」
「會不會已經溜到我身上了？」東野季心頭一慌。

◆

東野季拍打渾身，著了魔一般，轉身，不見姊姊身影。
「人呢？」
「放心，不會咬人！」圓規再給保證。
「我姊姊！明明剛剛還在一旁！」東野季真的著慌了。
「喔，好像追在什麼後面？」方矩搔搔頭，似乎有點印象。
追？
東野季急問：「往哪邊？」

立刻追去，一定趕得上！

「別追了！」圓規相勸：「她已經離開一段時間。」

「我怎麼沒發現！你們怎麼不早告訴我！」東野季就是急得想要罵人。

「哈！」方矩笑了：「是你自己一直黏著我們！」

「是啊！比蟲還黏！」圓規給了大眼，望著小眼。

小眼低垂的，是東野季，他跺腳，洩著恨言：「哪有！哪有！是你們一直說個不停！」

◆

問題是：現在怎麼辦？

圓規糾正：「錯！是你的問題，不是我們的問題，你會怎麼辦？」

「我……不知道……」東野季吞了自己的聲音。

「出門之前沒講好？」

「如果這樣就那樣？」

兩個人關心的幫忙回憶，希望可以找出線索，然後擇定方向。

「有沒有地圖？」
「有沒有錦囊？」
錦囊！
東野季被逗笑了，他說：「說什麼老把式！都什麼時代了，你們都能以光養蟲，還讓我揣什麼錦囊！」
這麼一聽，圓規和方矩也被逗樂，因此提議：「不如你留在這兒？」
「對啊！對啊！」
「等姊姊回來找你！」
「不行！」東野季立刻拒絕。

◆

這麼一來，什麼忙也幫不上！
東野季默默盤算：心緒與思路必須重整。
問題是：怎麼辦？
「來吧！」圓規拉起東野季的手。

「先進蛋裡坐坐！」方矩誠心邀請。
東野季沒有抗拒。
「你得壓壓驚！」方矩端上花香。
圓規摘下一片菜葉，遞到東野季嘴邊：「吃點維他命，補補精神！」
東野季聞了聞，嘗了嘗。
忽然癱軟，東野季身體一放，整個人躺在玻璃蛋，雖說領受了圓規和方矩的好意，不聽使喚的手腳卻教他暗暗恐慌。
就在玻璃蛋裡暫時歇躺。
「放心！沒下毒！」
「就是要耽擱你一些時間！」
兩人說得靦腆，顯然是跟人串通。

◆

東野淑悄悄離去，故意。
把弟弟丟進孤立。

孤立，才好激發能力。

◆

規矩。

這是東野扒人的規矩。

而圓規和方矩協力，東野淑也曾經接受這樣的「丟棄」，希望東野季及早發現，這單單只是一個訓練計畫而已。

◆

七、搖錢樹

釘咬釘，鐵咬鐵，鐵樹日日開花，倒流的不是水。

八、主旋律

上行的線條逐步緊張，而下行的線條傾向鬆垂。

◆

東野淑再次回到涵管屋線上。

下一個目標是動態的「滾蛋」。

根據熊心所言，這時候，「滾蛋」應該會出現在第七區與第八區之間，然而，確切位置不明。因此，東野淑退到涵管線邊緣，為了遠觀，放大眼力所及的區域，相較於動也不動的帳篷，「滾蛋」捲地揚塵，必有聲響。

一陣煙，飄進眼簾。

滾蛋

一個機器人，跳舞！

腳下踢踢躂躂，兩手忽上忽下，拍子，是觀眾的喧嘩。

他跳得高興，一蹬，躍上半空，身體抽長，兩個手掌一握，變成眼睛，臉上的眼睛移位，一隻跑到後面，前方的一隻睜得極大，幾乎就是臉龐。

縱下，著地之際，他又縮手縮腳，四肢抱成一團，仍然運動，果真自己「滾蛋」，同時逼使旁人躲閃。而大大小小的眼睛，各據「滾蛋」的上、下、左、右，如在目測四方。

四方，隨之讓開空間。

◆

隨著什麼呢？

東野淑揣測：除了體積，莫非還有視線……

東野淑趕緊趨前，果然！拉近距離，換個角度，偏光，就能發現四隻眼睛射出視「線」。

眼線？路線？火線？戰線？

總之，逼人？

所以屆時匿逃之時得以通暢，一無障礙？

「厲害……」東野淑心中讚嘆，時隔一年，科技又推進，窩居偏遠的東野家能賣的本事卻是年年一樣。

「一樣可以察覺異樣！」滾蛋人說話了。

這是機器人的聲音，講的卻是人話，然而，東野淑並不確定發聲部位在哪？

「怎麼……」東野淑大驚：「你能讀腦？還是讀心？」

「正好你心智合一，訊號強，偵測容易，如果碰到心智分裂的人，先瘋的，就是我自己。」

「你也懂幽默啊……」

此時，滾蛋扭呀扭，扭出頭、扭出手，恢復人形，身長大致與東野淑齊高，沒有一個部位停得了，就連頭頸也是旋呀轉的，像是尋覓什麼目標。

「這些只是花言巧語，簡單！」他嘴巴吸吸。

「怎麼我好像在跟弟弟講話一樣……」東野淑稍稍放心，機器人雖然冰冷，也有人性成分。

但是，一想起弟弟，東野淑心頭一沉，再多的不放心，眼下只能任其發生，衝動的弟弟若能硬挺，日後才得擔當大任？

怎麼說呢？不忍。

「不狠！」機器「蛋」卻操持人性的口吻：「不把定了心，大事怎麼成！」

東野淑點點頭，定神，吞了口水然後問道：「那麼，大事怎麼成？」

滾蛋人拍拍胸膛，胸膛瞬間透明。

「哇！」東野淑受到驚嚇，退了幾步，以為會見到一個血肉五臟的鐵囊。

「地圖！」滾蛋人說：「應該說：路線圖，仔細瞧，給妳三秒！」

三秒！那麼小？東野淑帶著錯愕已經怔愣一秒。

「上頭有動靜……」滾蛋人又說：「看紅色的！」

脈動？東野淑用第二秒抓到線條。

滾蛋人提示：「所以才要縮小！」

退了幾步正好，東野淑用鳥目快照，盯緊，完全忘了那是開了膛的滾蛋人「肝膽相照」！

◆

「好了！我得繼續滾蛋了，希望路線不會亂跑。」機器人說道。

「亂跑？路線還會變動嗎？」

「天知道！」滾蛋人以手指天：「軌道就是詭道！」

軌道？東野淑倒是第一次聽說。

滾蛋人附耳一說：「上頭可能有人搞軌……」

東野淑想了想：「一定是高第人……」

滾蛋人聳肩，變身，他又縮手縮腳，四肢抱成一團，運動，準備「滾蛋」，雖然此時沒有旁人，他那四隻大大小小的眼睛，各據「滾蛋」的上、下、左、右，機伶地偵測四方。

「別滾！」東野淑嘴邊要求：「別那麼快……滾……」

我還要提問……

然而，滾蛋人自己收走煙塵，行跡已經隱遁。

◆

東野淑閉眼，回憶，以及強記。

滾蛋人胸上的路線真的繼續在跑，疊合腦中的營區，東野扒人的地圖似乎少了那麼一條！

「怎麼辦？」東野淑自己問自己。

◆

「怎麼辦？」東野季一個人，問著自己。

有沒有錦囊？

東野季忽然想起圓規和方矩的提問，他往身上掏摸一陣，忽而省悟過來，拍打自己的額頭。

「渾了！」東野季笑了兩聲。

是了！別說什麼「囊」，就連口袋一個也沒有！

是了！扒人，輕裝便履才好移動，頂多就是斜揹一個小袋，裝著飲食，單單一次任務夠用，沒有多餘，可以浪費或者給人。

「幸好沒被偷走！」東野季想起圓規和方矩，這兩人，怪雖怪，倒還不至於偷偷搶搶。

「這種地方，大家一樣窮……」東野季張望四處。

沒有姊姊跟在身邊，東野季像沙塵一般飄浮。

「對了！回到涵管屋線上！」東野季看到極遠之外的光絲，必定就是營區之外了，因為，沒有任何遮蔽物。

東野季轉頭，他也轉念：「要依姊姊那樣的行進方向嗎？不如……」

不能出聲，計畫只准暗自盤算！

所以，東野季下了決定，沒有喃喃，他抬起腳，澈底轉了一個身。

反向！

要幫就幫個大忙！

地頭蛇

直驅內圓。

行思走想，東野季不想耽擱時間，根據姊姊所言，涵管屋連線是最外圍的一個大環，那麼，營區極可能是個同心圓環，一路跟來，應該也是這樣，所以，如果探入營區深處，最內側的帳篷連線同樣形成環狀！

進逼底線！

東野季時而張望前進，時而低眉衡量。

十二樓當然不得接近！

「閃！」低沉的嘶吼。

東野季抬頭，撞見一張猙獰的面龐，大聲回駁：「又不是沒路！」

「路是我的！」

「笑……笑死人……」東野季心口的氣上來了，臉上的風霾也跟著上來。

「我是地頭蛇！」哼鼻的聲音。

東野季抹面撥眼，方才漸漸看出風霾漸落之際慢慢露出的蛇身，因此慢慢心口合一，費心費眼，理解現況。

「什麼地頭蛇，連我都沒見過！」東野季指著自己，故意反譏。

「半路認人的傢伙！」蛇吐舌。

「我不認人！」蛇又吐舌。

「大家都得閃躲！」蛇把舌頭捲了。

「呵！半路認人做什麼？」東野季把陷阱設了。

「還不是想順風走！」地頭蛇把蛇信撂到男孩胸口。

東野季暗忖：風霾真不好受，若能順風，應該也可。

地頭蛇其實是一輛車，挨著地，一駛動就攪動土礫，揚起塵渦。東野季本來以為這個營區只准步行，畢竟，打從一進入，什麼交通工具也沒見過，這隻地頭蛇能夠如此囂張，想必有其仗勢的理由。

所以東野季又惹他一惹：「蛇心一定沒有佛口！」

「錯！」地頭蛇忽然停下所有動作，撐開上顎與下顎，好似要把嘴巴翻了。

東野季好奇，走到蛇口正面一探。

「唷！」東野季一驚：「好深的喉嚨！」

喉嚨？東野季才說完，就被自己的用字矇得迷糊了！

那蛇，竟也做嘔！這「嘔」顯然大有內容！

「進去瞧瞧！」蛇說。

喔不！是蛇頭上的人說。

◆

乍看之下，東野季被蛇「吞」了。不過，東野季不是被橫著拖，而是直立，他用自己的雙腳走進蛇腹。

有什麼好猶豫的！東野季告訴自己。

因此，一向好奇的東野季不禁抬腳，愈往裡瞧。

愈往裡瞧，愈見蹊蹺，蛇的肚子竟然有人聲喧鬧。

「怎麼剛剛……在外面聽不到？」東野季提問。

「因為整個蛇身就是隔音罩。」是蛇頭上那個聲音拍著東野季的後腦。

「你……蛇頭……」東野季猛然轉頭，指著對方又指向上方，嘖嘖不解。
「我！」蛇頭吐著舌頭，故做威嚇。
「你不是蛇……」東野季瞪著眼睛，上上下下打量對方。
「有手有腳囉……不過，我真的是蛇，而且是『人蛇』，專門吃人的蛇。」
吃人的蛇？是拐人的蛇吧？
東野季哼了一聲：「原來是你，你就是『人蛇』！竟然被我在這兒碰上了……」
「怎麼？」人蛇問道：「你知道我？你是誰？」
東野季挺起胸回答：「我來自東野。」
「東野？難不成你是『扒人』？」
這會兒，換成人蛇瞅眼，他的目光忽上忽下，打量對方，東野季被瞧得不舒服，左轉右轉，最後竟然臉紅耳赤，低下了頭。
「不可能！」人蛇否定：「沒見過哪個『扒人』這麼嫩！」
嫩？我還皮膚嫩呢！東野季心裡蹭蹬，這是他第一次出任務，本來就沒有任何事蹟可說，這會兒甚至跟姊姊失散了，更加談不上光榮。

以「東野」之名，萬萬不能示弱！

但是，東野季也知道不能吃了眼前虧，畢竟都被「吞」進肚子了，還是暫時「委蛇」，順隨這「人蛇」，看看再說。

東野季軟了肩膀，偏頭探進更深的轟隆。

人蛇見狀，也露出正色，停止嘲弄。

◆

「吃了幾個？」東野季問道。

「不能貪多。」

「為什麼？」

「行跡會敗露。」人蛇說。

「怕什麼？」

「會被瞧見喔。」人蛇指著上頭。

東野季明白，那不是營區的當權某某，而是更高處的眼睛。

「高第人在監視著？」

人蛇偏著頭，露出半齒半舌：「說你嫩，你還真的嫩到骨頭裡了！」

東野季汗毛豎立，不是被惹惱了，而是驚詫，比高第人更高的瞰視，是誰？是什麼？

◆

東野季抹了一身寒顫，舌頭發麻地問：「比『高第』更高……莫非是雲……」

推論。

但是從哪裡推來？定論在什麼基礎之上？對於東野季而言，模糊、遙遠，總之，腦中嗡嗡，就是有這麼一個影像逼到眼簾，令他翹首再翹首，望進穹蒼。

「沒錯！『雲端』！」人蛇警戒，壓低嗓門：「已經繪影繪聲了。」又是怕誰聽見？

東野季瞧人蛇小心翼翼，便將眼神飄向蛇腹。

「所以肚子裡有幾個人？」

「除了你我，三名。」人蛇端上手指，臉色一陣青黃。

「幹嘛這種臉色？」

「不划算」

「果然貪利！」

「微薄得很，況且關關要錢，」人蛇拍拍口大腿上的口袋，「說真的，要錢還行，就怕真要命！」

「要命？」

「是啊，雲端有雷射！」人蛇轉身，又交代一句：「總之，你乖乖待著，別攪和！」

什麼？雷，射什麼？

「走囉！」人蛇不想再說。

東野季又多了一個問題，但是人蛇已經轉身，打算回他的蛇頭。下一刻，蛇身晃動，東野季無處可去，只好再往肚腹裡走，一邊忐忑一邊忐忑，奇怪了，這肚子，越走越長，東野季責怪自己沒有事先看清，從頭到尾燥急！如今，被蛇吞進肚子裡，怎麼跟姊姊會合？

◆

「不准」會合。

這是東野父執之令，東野淑必須遵守，因為計畫本就雙軌，分頭著力，確切來說，百計千方，勢在必「得」。

得人得道，找對人，找對通路。

重點是，順便，硬闖是愚妄，更要順變，不時仰看天色，天色稍改，即知氣氛流形。

順天之便。

應天之變。

所以，東野淑出發之前一天被叫到大人跟前，父親東野伯與叔叔東野仲只好把最壞的結果講明，其餘端看東野淑的表現，說是表現，仍得依靠幫湊的手腳幾雙，找齊營區的龍蛇。至於弟弟，東野淑必須大膽放他一陣子，放手，放心。

往好處想：大人另有算盤？

是的，「丟」人跟「扒」人一樣！

「像我上次那樣？」東野淑記起自己的首次任務，也有一段獨闖，彼時，叔叔甚至提前，早早就把她丟給豹子膽！

好吧，這是東野扒人沿襲的訓練，東野淑不再執念，否則情感成為包袱，寸步難行。

◆

況且，此番局勢大不如前，這「天」，高第之天，已經遙不可及，甚至還有「天外天」！

天外天，無人見識。

因此，什麼預料或判定都很難掐在指間。

「應該……」東野仲頓了一下，「據說天外之天無形……」

「天外天？無形？」東野淑仰首，疑惑，從僻處一方的東野瞧望，天，一半以上是高第之天，東野分到的，在邊緣的邊緣，是沒有泥灰幽叢的絕頂，是從森林兩側拉出一條圓弧線，範圍尚且可見，所以，若說這「天外之天」無法目測，東野淑也就無從想像了。

「更高的天……今年新懸……」東野伯也說得模糊。

「多高？多厚？如何？」東野淑疑問連連。

東野伯連連搖頭。

「什麼時候才有資訊？可以會齊嗎？」東野仲問。

「盡快。」東野伯答。

發問沒中。

回答沒用。

東野淑一怔，心知不妙，按理或照例，東野扒人應該在任務之前便該掐捏八九，其餘一成讓給突發狀況，否則怎能在偌大的營區裡七拐八彎？

東野伯見女兒面憂心惶，因此慰勸：「妳就依時順道……」

「別擔心，妳弟弟啊……」東野仲露出微笑：「有潛能！」

潛能？

難不成我東野淑也是？所以能帶上弟弟，然後說扔就仍？

四隻兔子

不能！

東野淑忍不住，一個衝動，迴轉，就要回去尋找弟弟，卻被迎面撞上，喔不，應該說是抱住，被後面擁著、拱著，只能繼續前行。

「放手！」東野淑驚喊，但是壓低聲音，只給左右聽見。

是的，這時候，千萬不能引起騷動。

假裝熟識也是一個辦法。

這忽爾的七手八腳顯然也懂，回覆同樣低調：「這件事，妳絕對想看！」

接著，把潛規則第二條一起用上。

「咱們看表演！」光頭兔子提出邀請。

四隻兔子，白綠粉紫，忽然跳跳蹦蹦，恢復輕鬆，似乎想討人歡喜，鬧騰沉悶的氣氛。

「已經到了表演時間？」東野淑問道。

小兔子拉高手腕，讀錶：「還差三格。」

兔子奶奶碰了小兔耳朵，溫柔斥喝：「不可以這麼報時間！」

兔子爺爺也附和：「就說手錶要給大人才有用！」

哼！小兔嘟嘴，一副不肯。

「給姊姊看笑話了！」光頭兔子橫起眉眼。

東野淑這才有機會提問：「表演什麼呢？」

「吞火！很恐怖喔！」小兔搶著說話。

「那麼，」東野淑想躲：「我不想看！」

「放心！不會燒到舌頭！」兔子爺爺瞇起眼。

光頭兔子補充：「無火之火更火！」

「瞧你也跟小孩一樣湊熱！」兔子奶奶笑了。

東野淑盯著光頭，思索，無火之火？

光頭兔子摸著自己的頭：「譬如無髮之髮，妳說這是什麼？」

什麼被捏在指腹之間呢？

小兔笑了：「光啊！」

「哇！太厲害了！」三隻大兔子一起鼓掌。

「我是說什麼也沒有！」小兔不以為然，把讚美戳破。

東野淑反而被挑起了興頭，她說：「那麼，我得去看光還是看頭？」

光頭兔子被逗笑了，他摸摸頭：「我說啊，妳最好別被螫了眼睛，還有更亮的！」

喔，更亮的？

◆

跟著兔子走是對的。

東野淑心底暗忖：幸好沒有回頭。

就在預定路線上，一群人圍著，沒有鼓譟，似乎正在等著什麼，所以跟著兔子走是對的，四隻兔子，白綠粉紫，偶爾跳跳蹦蹦，東野淑就能避開目光，旁觀，扒人總是習慣偷偷摸摸，摸清去路，摸清來者。

再近一些，就能看見被圈圍著的，是一頭昂首的龍，就在小兔奮力擠進那一刻，東野淑才看清那是一個人，頂著龍頭，環顧周遭，也是一群愛玩的，個個都人身獸首！

「這是動物狂歡節嗎？」東野淑嘟噥。

「對啦！」光頭兔子說。

都什麼時候了！東野淑心裡苦惱，嘴上沒說，可是眉頭一揪卻被兔子奶奶瞧見。

「享受唯一的自由時刻。」兔子爺爺折下左耳。

「我知道……」東野淑不能透露太多：「大家都等著結果……」

「所以囉，急也不得。」兔子奶奶折下右耳。

小兔只好拗了兩隻耳朵，才能勝過。

光頭兔子興奮：「快！快來看吞火！」

牧地

被吞進肚子，不能火！

東野季這會兒已經鎮靜下來，畢竟，要離開人蛇，不能說走就走，與其呆著，不如把肚子摸透。

「這肚子……」東野季伸手觸摸：「挺乾淨的！」

肚子深處，亮起光點幾顆。

眼睛？

剛才的喧鬧條忽停歇，東野季嗅到警戒的氣味。

「別怕……我也是被吞進來的……」東野季低聲開口，他攤開雙手，表示沒有攜帶什麼。

被吞？這樣的說法不知道會不會太奇怪？

「我是從尾巴爬進來……」

「我也是！」
「我也是！下次可以從嘴巴嗎？」
「沒有下次啦！」
「可不！人蛇不吞大隻！」
突然，「流」言「混」語在蛇腹裡穿來鑽去，這些坦白，消弭了緊張，也讓東野季拉近自己，一下子就能問起各個來歷。
「工地！」一個說。
其餘跟著點頭，東野季心疼地笑了，把問題再往深一點探索：「來工地之前呢？譬如南原或北澤？」
小眼睛打量，頭卻搖了：「那都是什麼地方呢？」
「南原……」
「北澤……」
幾個歪頭也無法將空白的想像拼湊。
「我也不知道……」東野季也只是聽說，看來這些地方只是名詞一個。
「不過我知道要去哪兒！」
「我們都是要去高地喔！」

東野季果然沒有猜錯，這些都是人蛇的「黑貨」，所以才在肚子裡藏著，這是東野扒人拒接的活兒。

「高地……聽說就在天堂底下喔？」一個孩子緊貼著蛇腹肚皮，想要瞻望外面的遼闊，雖然有蛇身之隔，那樣子十分嚮往，神情欣悅，卻是教東野季感傷。

「很空曠嗎？」

「有花嗎？聽說有些草也很香？」

完全是傳言！

此高地非彼高第！

「高第」，是銅牆鐵壁，喔不！用「銅」、「鐵」來比喻已經過時，應該說是「石墨烯」，據說這是萬能材料，這一次的「割禮」將是首次展演它的各種神奇，所以，未來的「高第」更難企及，誰也不知道那是怎樣的阻隔以及「高」如何丈量、如何相比。

彼「高第」，存在卻似虛擬。

即便扒人厲害，或者人蛇圖利，偷渡成功之後的日子，卻鮮少再被提起，似乎渡了，便是終極，消失的終極。

這些，是東野季熬夜聽來的碎語，東野家的父執經常在很深很深的夜裡才會偶爾透露幾字，是東野季拼湊的，也許事實更加殘酷，加上想像，才好謹記，東野季造了一套自己的論理。

總之，東野季此刻萬萬不能戳破這些孩子的希冀，不僅僅是一「字」之別，那將是整整一個未來或者是活在當下的勇氣！

「出來！」蛇身內忽然響起一個聲音。

是人蛇？

「到了！」

到了哪裡？

「哇！太棒了！」

齊聲歡呼淹沒東野季的抑鬱。

三個孩子轉身，往蛇尾走去，在蛇頭這一端的東野季於是跟上，因為，背後的蛇口並無動靜，而蛇尾那端閃著光影。

◆

影子抱胸，似在趕人。

「到了？」小孩提問。

那一個黑影動也不動，蛇尾出口被切成兩半，小孩自動而且順從，一個往左一個往右，輪到了東野季，他也順勢，往右踏出，這才確定，黑影是「人蛇」。

「只是讓你們休息。」人蛇的聲音不帶感情。

「這是哪裡？」

東野季跨出蛇身，回頭一望，果然，蛇尾，有個開口，側眼一瞧，像個洞穴，只是藏在蛇的肚子裡。

「這是哪裡？」東野季也問人蛇。

兩手一攤，人蛇回答：「禁區。」

東野季再跨幾步，是為了找尋「巨人」的蹤跡。

「哇……」小孩的呼著恐慌。

「幹嘛帶我們到這種可怕的地方……」

「可怕？一點也不，只要能鑽！」人蛇有點得意地說：「這叫『巨人牧地』，種電的場地。」

禁區還鑽？

巨人是電力？巨人為何雙手舉高？

東野季瞬間想到：也許「巨人牧地」是另一條途徑？

人蛇立刻瞪起眼珠，幾乎就是衝著東野季說道：「千萬別傻傻地爬上去看風景！」

「扒人的道理也一樣，就往人群裡竄。」人蛇像是特地為東野季打了比方。

「怎麼爬呀？」小孩抬眼、扶頭，退了好幾步才能見到巨人的臉。

「危險！」東野季一個箭步擋在小孩前面。

「不能爬！」人蛇指著腳下：「大家就是乖乖待在這邊！」放風。

的確，距離「亂」典還有半天，躲在蛇腹並不舒適，能夠透透氣，應該是人蛇好意體貼，東野季不禁瞟了一眼，果然人蛇此刻顯露些許柔軟態勢。

東野季閉眼，感受不到風涼，周遭肅靜，令人心慌，此時，日近昏黃，不知道「割禮」有何狀況？

◆

「快！」人蛇催促：「還有十分鐘！趕快去小解大便，不要走太遠，但是也不能濺到蛇身。」

哈！人蛇還挺愛乾淨的，東野季嘴角一抿，下腹卻猛然抽緊，他也得讓自己趁機解放，否則，下一次，肯定找不到這麼隱密的地方。

「我也去！」東野季瞬間急了。

人蛇伸手一指，給了方向，意思是：再遠一點。

知道！東野季點頭，瞬間瞧見一隅，立刻拔腿就閃。

◆

「啊……」東野季身心一紓解，眼睛也跟著點亮，四面張望，那幾個小孩呢？東野季一哂，想必大家都選了看不見彼此的地點。

沒人！

東野季蹭了蹭，踢鬆沙土，為了掩埋自己的遺「臭」。

轉個方向，再蹭，「面積」得再擴大一些，掩飾越見「自然」，這是一個每日數回的儀式，東野季十分熟練，也是東野家要求的基本修養，即便長林無人，也是必要的禮貌。

再轉一個方向，東野季蹬蹬腳，想甩掉腳上沙塵。

忽然，東野季聽見地下有微弱的回音。

他再蹬了一下，果然！

「噓……別多事……」

「下面……」

「應該說你幸運還是專找麻煩……」人蛇臉上倒是揪成一團。

「什麼機關？」

「通道罷了……」

東野季當然追問：「通到哪裡？」

人蛇抬頭，直盯彼方，東野季跟著一瞪，除了巨人還是巨人！

「牽線，巨人接力，送的是工程電力。」

原來如此，巨人開展的兩臂掛著纜線，正是「割禮」幕後的動力。

東野季追問一句：「底下搞什麼把戲？」

「天曉得！」人蛇眼睛往上吊，別有意涵。

「高第人玩的？」東野季跟自問自答一樣。

「總之，這裡的一切都跟人有干係，也跟興建大樓有干係。」

「干什麼係！」

「動什麼氣！」

東野季氣自己無法想出頭緒，只好再問：「那麼，『割禮』之後，這些巨人仍會留在原地？」

「不知道！」人蛇坦言：「有人有勞力，有電有動力，有了勞動力才會擁有金權力，總之，我的蛇就是沒這個力……」

人蛇竟然訴說委曲？對著東野季？

東野季掏掏耳，他還沒弄懂人蛇為何費力舉出這麼多「力」。

人蛇轉瞬收起黯淡，改口取笑自己：「那是他們的遊戲！我能奉陪的就是鑽來鑽去！」

「我想我沒有遊戲的餘力……」東野季的話聽來無力。

「好了！別想太多……」人蛇挺胸，整束了骨氣：「先進肚子裡！」

吞火人

動物狂歡節也是遊戲，卻是假裝的遊戲。

每一張獸皮底下都是疲憊的身軀。

「把我抬高！」小兔要求。

光頭兔隨即蹲身低頭，讓小兔坐上肩膀。

「看到了！」小兔「高」呼。

兔奶奶和兔爺爺也跟著欣喜：「看到了！」

東野淑也趁著讓位之隙，側身而入，瞧見吞火人被圍在中央，人群，喔不！獸群，一隻一隻，瞠目靜待，就要感受危險卻安全的刺激！

這是割禮前夕的遊戲，喧鬧，控制得宜，似乎快樂並不重要，只要把這一段時間挨過去。

然後，未來才會完全透析。

此刻，曖昧擁擁挨挨，在日落之前，在獸群之間游移。

◆

「沒火呀！」小兔大喊。

光頭兔子笑了：「剛才我不是說了嗎？無火之火呀！最新的伎倆！」

「瞧，你瞧他嘴邊有光！」東野淑提醒迷惘的小兔。

「吐光啊？」兔爺爺瞪了。

兔奶奶隨即發現：「怎麼像流口水一樣？」

「口水是軟的，你瞧，那是一道就要射出去的光。」

小兔不懂大人的形容，卻是給了一個比喻：「他把太陽含在嘴裡！」

光頭兔子猛點頭，稱許小兔子，身子搖晃，小兔子也跟著興奮，左右晃盪。

「噓……」獸群眾聲四起。

小兔子立刻揪住耳朵表示自己的無辜，卻也隨即噤口。

唯一張口的，正在吐火！

東野淑還不明白其中的原理，只見一團光亮從吞火人口中升起。

「火球！火球！吐出來了！」小兔還是忍不住興奮大喊。

獸群可能憋了太久，熱情被霎時引爆，紛紛跟著小兔大呼小叫，因此沸騰了場面。

然而，吞火人面色不改，神態把定，但是喉頭抽動幾下，那嘴裡或者身體裡面似乎有什麼正在醞釀。

東野淑也睜大眼睛，自言自語：「這是什麼『能』？」

◆

鑽進蛇的肚子裡不如鑽進地底！

東野季給了自己最大的勇氣，趁著人蛇回「頭」去操縱蛇身，去玩那「鑽來鑽去」的遊戲，他要進入地下通道，看看裡面藏著什麼玩意。

「啊！這麼難聞……」東野季撥開小解之處的沙粒，閉氣，他得趕緊找到機關，下到地底，免得人蛇發現，回來揪他。

摸了摸，敲一敲，東野季指頭摳到一個內凹，他雙臂使勁，用力一扳。

「還有門閂！」東野季心一沉，以為上了鎖。

幸好，只是鏽得不能再鏽的小鐵條，一拉，掉鏽，一扯，鬆了兩片門板，掀開即可。

問題是：底下有人或者有蛇？

「快走！」東野季提醒自己，即使人蛇不追，時間也在趕著。

◆

往下的階梯是石頭堆的？

東野季張開雙手，意料之外的敞闊，他笑了：「挺寬呢！」

問題是：洞分兩頭，兩頭都有光。

「該往哪裡？」東野季傾耳，就像在東野長林一般，他決定循著聲響。

嘶！是右耳先聽見音絲。

東野季隨即跟上，但是，他提著身體、放輕腳步，儘量把自己的移動隱藏，畢竟，偌大地道裡，若沒有蛇，肯定有人！

才走幾步，東野季竟然渾身發冷，方才地面的乾熱，瞬間降溫，然而又不似長林的涼澈，是一種凍結的內寒。

◆

聲響所在，是一個空箱子，緩緩前進！

真的！東野季揉揉眼睛，不是錯覺，一只箱子在前面緩緩前進，步行？左右沒人。

應該是尚未露臉，東野季猜想，因為，地道雖非無塵，倒也乾淨。

慢慢跟著，東野季首先發現箱子之內竟然承載幾個空罐，其中一瓶，尚有半瓶液體，裝著水？

果然往來有人！

東野季屏息，墊起腳尖，把足音減到最低，唯恐「誰」來撲襲。

光，此時越加聚集，但是，沒有熱度。

「為什麼？」東野季問自己，明明有光，卻感覺不到暖意？

這光，有問題！

下一步，光線轉瞬射來，東野季直覺緊閉雙眼，但是，為了探查，他鬆開眼皮，瞇著，漸漸適應了光芒，才敢提膽再跨一步，伸手觸摸。

「別碰！」一個聲音喝止。

東野季只好縮手，改用眼睛打量光「線」，有形有體有長有寬的光線。

「你是誰？怎麼進來的？」聲音趨近，是提問，不是指責。

於是，東野季省略了人蛇和蛇腹裡的小孩如何被藏著，他只說：「小解的時候發現的！」

沒有瞎說。

東野季轉身看著聲音的源頭，是一個男人，頂著蓬亂的頭髮與鬍鬚，所以無法辨識年紀以及是否溫和，倒是一雙眼睛，眼珠子像光線一般，熠熠閃閃。

大鬍蚪

「跟我來！」大鬍蚪也省略所有盤問，又或者不聞不問？

東野季點頭，不能不跟。

大鬍蚪？

從背後打量男人，東野季打算暫時這麼稱呼，因為，相較於瘦小的「人蛇」，此人高大，這空間也大得回音可聞。

才一走動，東野季發現光芒也跟著偏轉，不禁問道：「光在趕人！」

「不是趕人！」大鬍蚪稍稍說明：「不過你的感覺是對的，光，在『感覺』你這個人！」

這可玄了！

東野季聽出其中的機靈，緊接提問：「只感覺我嗎？不感覺你？」

「因為我已經被記住了，正確來說，我是不存在的，又或者說，我是高於存在的存在。」

這更玄了！

明明一團大鬍虬！

東野季大幅動作，故意考驗光「感」，光線長長短短，彷彿就是把「東野季」摸清了，因為，東野季稍稍退後幾步之後，那光線果真「捏」出一個男孩的身形。

「這光！可以憑空捏造一個人！」東野季豎起寒毛，亂語一番。

「憑空捏造！」大鬍虬的頭髮和鬍鬚又笑成一團。

東野季此時顧不得用語是否準確，因為亟欲知道光的把戲，於是忽近忽遠測試光的感應力。

近時，光凹，像是等著擁抱。

遠時，光凸，好比一頭野獸縱跳。

「到底想幹嘛！」東野季反而戲耍了自己，有些羞惱。

大鬍虬也不解釋，逕自前進，走了一段距離才回頭叫喊：「你想知道的答案在那裡！」

哪裡？

東野季抬眼，上下審視地道，是比蛇腹寬敞許多，一樣「空」、「洞」，除了那些作怪的光芒喜歡嬉戲！

◆

東野淑全然沒有嬉戲的心情。

獸群打鬧，其實擔怕旁觀火炬，那火，從吞火人口中跳向天際！

「火像箭！」光頭兔子喃喃自語。

因為扛著小兔子，光頭兔子不能把頭仰高，但是，吊著眼睛，也能看見那穿越獸群視界的一條，像火，像光，但是，沒有氣焰，所以獸群儘管恐懼卻能靠近吞火人。

「火是光！無火之火！」東野淑想起長林樹隙瀉下的陽光，溫暖卻不炙人，不過，高木濃蔭之下，光線較短，而此刻吞火人的火光竟然遠達天邊。天邊，高第所在。

兔爺爺也看出疑問：「難不成那是信號？」

「做啥？」兔奶奶習慣做兔爺爺的幫腔。

「所以他們一起騙我們？」小兔子又戳中核心。

他們？我們？

東野淑看著光頭兔，要看他如何回答。

◆

「我們一起守著穀倉。」大鬍虯指著走路的箱子說道。

穀倉？

東野季可沒看見什麼作物呀？

更何況，地道裡根本沒有養分，不像東野長林，除了陰森，泥土和水分可是充足而且滋潤。

「我們有實驗室喔！」

是箱子出聲！

只見箱子扭了扭，先把自己壓扁，接著扭出手腳，翻起，從地面把自己抬高，走動起來，既不晃也不搖。

「哇！」東野季詫異，卻不驚恐，畢竟，割禮就是一場科技競爭啊！

「剛才的光箭是保護裝置，一旦有人侵入，就會啟動，偵測、計算，把人活逮，一人一個套，兩個就留兩個活，不管來幾個，分別抓住卻又一起籠絆，總之，擋住入口。光箭可以計算所需空間，釋出最大阻力，禁錮來人。」

「所以，光箭也像箱子？」

「我可以移動。」箱子補充。

「稍微懂了。」東野季點頭、轉頭張望，問道：「但是，要保護什麼？」

地道裡，不是灰就是白，就連架子以及架上的箱子也是一樣的顏色，難怪乍看之下，沒有任何東西。

「生命。」大鬍蚪說道：「保生之子。」

東野季可是聽多了唬人的故事，眼前冷硬的地底又不似東野綠意盎盎！所以他哼了一聲：「什麼鬼神？」

「等著造化的種子。」

「等待淨土。」

「等待。」

大鬍蚪喃喃地說，箱子以晃動代替點頭。

好吧，加上想像，東野季勉強懂了一半，問題在於：上面是寸草不冒的營區，不是灰就是泥，連人都不願呼吸，種子落地肯定也會窒息。

「等到什麼時候？」東野季挑了一個最簡單的問題問了。

「就像此刻！」

喔？東野季愣了，自己闖進來純粹巧合！

這等待，未免盲摸？

◆

光頭兔回答：「打網！據說射向天外天，撈灰撈塵。」

「我能做什麼？」東野淑甚至未曾到過高第，這會兒只是白眼望著青天了。

◆

大鬍蚪則說：「撒豆！誰來就帶走，有種子有活路。」

「我能做什麼？」東野季連營區都還沒走透，這會兒卻困在地道裡了。

◆

「所以才帶妳來看吞火！」光頭兔說。

也就是說，吞火人也是混帳的？

東野淑稍稍看出一點眉目，總之，跟著！

◆

「是我拜託人蛇！」大鬍蚪瞇眼笑了，兩顆裹在毛髮中的眸子霎時靈活。

也就是說，人蛇找上一個懵懵懂懂的？

東野季啞啞嘔嘔，說不上氣憤，只是，被人料到的反應與行動怎麼說都是蠢動，不過，他反而稍稍安心了，沒有姊姊相佐，沒有錦囊定策，這麼一來，也算有事可做！

大鬍蚪接著說：「來吧！不要耽擱！」

箱子也招手：「跟著！」

再往地道深處，經過的架子和箱子已經數計不清，時間感因此喪失，也就無法估算長度，就在東野季覺得頭昏之際，一片繁茂迎面矗立。

「樹！」

「霧！」

「花！」

「果！」

東野季看到什麼就喊出一聲驚愕，箱子也跟著蹦跳，共演一段快樂，大鬍蚪因此被逗得笑呵呵。

「喔……」東野季張臂，轉圈，不知道應該轉向哪一種？樹、霧、花、果都是他想念的。最後，他挑了一串黃色，因為撲鼻的香氣令人心神振奮，那是東野季未曾見過的成熟，旁邊一串則是不同，從粉綠鋪排到青澀，瘦得可愛。

「可以吃呢！」大鬍蚪走近，伸手摘下一根，送到東野季面前。

「香蕉滋味不錯喔，可惜我沒有嘴巴，也不會餓！」

是啊，箱子吃不得。

餓！東野季瞬間有感，他摸摸肚子，空著！是啊，一出東野長林，就得忍著。這一路，幾乎禁食，乾糧偶爾啃個幾口，那「養水」，也是久久才能吞上一顆。

於是，東野季接下「香蕉」，嗅了嗅，猶豫著，因為他不知道如何就口，是吞呢？從哪一頭？是咬？萬一太硬，會不會傷了牙口？

「瞧！」大鬍虯示範，拿出兩根指頭，撕、剝，一片一片，兩三下，那一條彎月便脫下厚裘，光溜溜！

東野季照做，接著，鋸牙一咬，嘗了第一口「香蕉」，嚼了嚼，他說：「勝過一切乾糧！」

「滅絕的寶物啊，在這裡復活！」大鬍虯嘴邊的毛髮堆高，顯然是露出高傲的微笑。

那麼厲害？東野季心裡警戒。

「還可以給你其他幼苗，讓你自己種水果。」

「我？笨手笨腳！」東野季急忙推卻，雖然嘴上嘗了好物，他可沒昏頭，他時刻惦記著：扒人最重要。

「只要把種子帶出去，順個手？」箱子開口，像人隨便說說！

東野季被惹惱了：「沒有『順手』這回事，繞來繞去，都要有一些收穫！」

大鬍蚓點頭：「所以你才繞進這兒，是不是？總不能空手又走了？」

這……似乎也有一點道理呢……

東野季於是提了條件：「全部告訴我！『全部』！」

東野季舉手，指著前前後後。

大鬍蚓又點點頭，蹲下，抱著箱子，說道：「『全部』都在箱子裡！」

「哈！哈！」箱子恢復成箱子，不見手舞足蹈，只剩笑聲，盪成回音，在層層綠色打繞，然後飄走。

「箱子就是『全部』，你剛才數了嗎？有幾個？」

「很多……」

「裡面都是種子，被我催眠了。」箱子解說：「你帶出去，種在合適的土地上，就能復活。」

聽罷，東野季的疑問不只一個，也許應該先問的是：「為什麼是我？」

◆

火不是火，吞什麼！

好奇之後，動物還想繼續狂歡，四散而走，只有東野淑原地杵著，就依光頭兔說的，就當那團無火之火的祕密干係大局，東野淑知道，營區藏著龍蛇。

能夠混帳的，肯定有一手。

兔爺爺和兔奶奶慢慢地踱，走在前面。光頭兔依舊把小兔子架在肩上，像是轉著圈子，所以不時回頭。

「走光了……」吞火人看看左右，盯著四隻兔子，一秒、兩秒，然後轉頭。

東野淑迎上吞火人的目光。

是她了？交給她行不行？再次瞟向光頭兔，光頭兔在揮手？於是，吞火人深呼吸，鼓胸，閉口，吞火人作嘔，吐出一顆珠子，托在掌心。

是他嗎？什麼把戲需要這麼神祕兮兮的？東野淑瞄向光頭兔的後背，她下了決定：信任應該可以多於懷疑。畢竟，營區之中，勞工不能彼此敵仇，否則，十分微弱的力量怎麼掙活，怎麼向「高第」開口？

東野淑接過珠子，握了握：「不燙手……」

吞火人笑說：「所以我才藏在嘴巴囉！」

東野淑皺眉，沒有心情閒扯：「怎麼操作？」

「你只要好好保管，時候一到，它就會自動發光。」吞火人看看光頭兔子，然後補充一句：「眼前只有三顆，還得再找幫手。」

「需要多少？」東野淑說罷隨即換個問法：「火球幾顆？」

「聽說目前有十二顆，如果可以趕製更多就更好了……」

更多？更好？

比什麼？計較多少？

東野淑越聽越懊惱，準備跟不上變化，原來的目標只有「高第」，現在再加上一個「天外天」，扒人小技，如何是好？

「無法預料。」吞火人說。

「能做多少算多少。」吞火人補了一句。

東野淑瞥眼，被吞火人看穿煩躁，東野淑臉頰微燒，彷彿握在手中的正是自己心中的火球，悶著時候。

吞火人甚至叮嚀：「撐著點，這樣想吧：事情一定不會更糟。」

一說完，吞火人又穿戴歡樂的外表，跟著獸群，蹦跳。

東野淑又站了一會兒，感覺手中的火球漸漸降溫，甚至冰冷，因此揣入懷中暗袋，收好。

「好！」東野淑鼓勵自己，重整心緒，提腳。

◆

「所以我該走了？」東野季有點不捨，面對地下森林的綠意與豐饒，怎麼能夠回到營區的貧乏，更何況還吃了香蕉！

「走得了，才好！」箱子又伸出手腳，語氣羨慕地說：「不像我，這副手腳，裝飾，只好乖乖留在地道。」

「乖！」大鬍虯給了安慰：「多虧你，我才能輕輕鬆鬆，不然一把老骨頭怎麼受得了。」

「老？」東野季發愣，忽然想起一個問題，卻又不知從哪裡切入，只好一直盯著，大鬍虯，從頭到腳沒有一處顯老呀！

「我見過你父親，樣子就像現在的你，那時候，我沒那麼老，世界好像也沒有那麼糟。」

啊，一句話扯出問題！

東野季左思右想，然後謹慎拋出一個小問題：「所以你不是人？是一個更大的箱子？」

箱子不是人，有手有腳卻是假，那麼，順此推理，大鬍虯也是變形的一個……什麼東西！

「我是人！」大鬍虯扯了自己一把鬍鬚，然後做出痛苦表情，「只不過我有辦法活得更久而已！」

「什麼辦法？」

「『割禮』之後再告訴你。」

「啊？」東野季懷疑自己的耳朵。

「意思是：如果你還想吃香蕉，就來這裡！」

東野季想像，「割禮」之後，自己會在哪裡？當然是東野長林呀！東野季甩甩頭，不想把大鬍虯的話放進心裡。

「現在說也許太早？」大鬍虯點亮眼珠，給了提議：「希望你可以來接替我的工作，以後，箱子就歸你，你愛教它什麼都可以。」

等……等等！

我？東野季？接替大鬍蚪？

誰決定的！

「總之，我等你，『割禮』之後必有一番新局，現在啊，多想無益。」

箱子也開口：「我也等你。」

啊？

東野季身上起了疙瘩，心裡麻做一團，方才獲知是被「拐」帶，又預先得悉未來將被「賣」過來，這算什麼把弄！

「別嚇我？」東野季肚子翻騰，有股氣味衝了上來，是香蕉！

「放心，先管你的扒人大計，不急。這一次只要你幫忙帶一袋種子以及一顆母珠，種子交給令尊，撒在東野長林，或者合適的地方。」

東野季鬆了一口氣，暫時把定心緒：「一棵母株？」

「是母蛛！」箱子辯說。

「別逗！」大鬍蚪立刻糾正，但是微笑著：「珠子，是一顆胚珠，但是你必須把它交給抱蛋蜘蛛。」

「別弄丟！」箱子叮嚀了。
「既然不相信我就別交給我！」
「放心，即便丟了，珠子也會自己復活，這是預先估算的風險，所以才要交給你，不讓努力消折。」
好說！
東野季露出自信，給了承諾：「給我！」

◆

九、不洗船
高不是目的，飛不是目的，不僅僅避雨也為了造霖。
十、扣帽子
毛團耍耍把戲，顛倒更見紋理，橫豎要戴上一頂透明。

牧羊狼與小縫帽

東野淑環顧四處，一棵看似光禿的樹，硬著骨子，支撐自己也支撐著生命的重量，生命，是幾隻瘦弱的山羊，身子也是嶙峋。

「這營區能牧羊？」東野淑眼底浮出東野長林的蓊蔚，對照眼前蒼涼。

「還能擠奶呢，要不要嘗嘗？」一個沙啞的聲音。

一個碗遞了上來，裡頭果然有一半乳汁，是接近透明的淡黃。

狼！

東野淑抖顫，乍見一頭高大的狼拄著一根枯枝，頂端飄著一幅旗幟，線條勾繪羊角，似乎宣示主權所有。

「真要謝謝這些羊啊，強韌。」感性的聲音。

理性的聲音卻說：「生存之道，弱肉飼強！我是牧羊狼！」

牧羊之狼！

披著狼皮的人，必定也是個混帳！

東野淑鎮定心神，吞了口水，猶豫，要不要喝那一碗乳汁？

「哪！別浪費了，收集這麼多可得等上半天。」牧羊狼力勸。

點頭，東野淑承接好意，一口氣就把乳汁喝光，不是飢餓不是嘴饞，是怕那腥羶，所以用了最快的速度吞下，沒事便好，若是翻胃，東野淑打算吞些乾糧制壓，以免給「狼」難堪。

「嗯……」東野淑吸鼻，嚥下口水，驚喜地說：「香……」

「是囉！是囉！生命的汁液！」牧羊狼滿意自己的親善。

東野淑回頭看著瘦弱的羊兒，忍痛說道：「謝謝……」

「妳拿到東西了？」

「……」

「火？」

「嗯……」東野淑警戒：「你也知道？」

「本來以為可以借來一用？可惜不能生火……」

「生火做什麼？」

「烤……」牧羊狼望向樹上的瘦弱，同情卻不得不說：「肉……」

狼啊！人啊！

看出東野淑的嫌惡，牧羊狼解釋：「遲早的……與其葬身大樓之下，不如餵大家一頓飽！」

「保住一頓，之後呢？」

牧羊狼瞪大眼珠，張大嘴巴：「人吃人囉……」

東野淑上身後仰，腳下倒是站穩了，她知道：這是混帳的幽默，背後的諷刺暫時不必探究，總之，時局造禍。

「所以你打算……」東野淑試探。

「總不能叫妳扒走？」牧羊狼也試探。

「扒人優先……」

「這就對了！」牧羊狼聳肩，「人道……闖禍先落跑！」

東野淑微微動了嘴角，明知不能笑，仍然被言語敲開了咬緊的牙關。

牧羊狼打住低嚷，往上瞧：「現在咱們都得仰望天道……」

天道？

無火之火有效？

東野淑不敢直接提問，只是旁敲：「如果火球太小火勢太小……」

「就怕無法奏效？」牧羊狼起先說得保留，忽而轉硬語調：「最好燒得他樓榻樓歪，把土地清空，就算放羊也好！」

這牧羊狼是混帳裡最鬧情緒的一個吧？

東野淑不禁想起暗袋裡的「東西」，要不要問個仔細？怎麼用？免得自己壞了大局？

「別問我！」牧羊狼老實說：「沒人知道。」

「那麼，你能提供什麼情報？」東野淑只好換了話題。

「情報？空氣很糟，大家都知道，因為那些死高第人啊，也不想落土，畢竟，這土啊，沒有一寸是清境。」

「死高第人？」東野淑第一次聽見這樣直接的咒罵。

「不是罵人，我在陳述事實，那些死掉的高第人，寧可懸墳，也不想陪葬土壟。」

不似東野家在長林裡找一棵躺下？

東野淑仰頭，想像高處，掛著一副副怎樣的棺？

「看不見哪！」

「你剛剛不是說『懸墳』？」

「變成奈米晶片啦！」

原來如此，奈米晶片！東野淑叨了：「誰會記得啊？給外星人紀念啊？」

牧羊狼拍掌，接著讚好：「你的話更毒喔！沒想到東野家總算出了一張厲害的嘴巴……」

這麼一講，東野淑紅了臉頰，停頓一秒然後回應：「『不是罵人，我在陳述事實。』」

「哈哈！」牧羊狼挑指對準女孩，也遙指天涯：「麻煩的是，事實完全模糊，混帳忙了半天，只能冒火！」

東野淑半曚半懂，「曚」的是，天空；東野淑「懂」的是：目前的情報不夠用！一顆火球究竟怎麼用？

牧羊狼又跳回奚落：「總之，不會拿來烤肉！」

呵！

羊群頓時起了騷動。

喝！東野淑瞥見一個女孩揣著東西走了過來。

牧羊狼招手，喊道：「小紅帽，怎麼又從故事裡逃出來？」

◆

小紅帽？

從故事裡逃出來？

這時候，哪有故事可說！

矛盾的氣憤輕嚙著東野淑的心底，離開東野長林之後所見都是殘酷的真實，沒有想像，即便一粒塵埃也是嗆得厲害！

唉！

把煩懣甩了甩，東野淑定睛一瞧，果然，破損不堪的披肩還在，顏色不復紅亮，稀稀疏疏的織布裡僅僅幾縷艷彩。

小女孩看著懷中的「東西」，細聲地說：「羊娃娃死掉了！」

洋娃娃？哪個年代！

羊群跟著浮躁，紛紛從枯樹跳下來，趨近小女孩，這個聞、那個嗅，一會兒又慢慢踱開，好像拆穿一個鬧劇，覺得無趣，扭頭便走了。

「羊娃娃沒死啊！」牧羊狼探手一抓，讓那「東西」動了起來：「它只是懶得說話，所以把頭垂下來。」

布縫的羊娃娃，在牧羊狼手上又乖又順，而且逗笑了小女孩。
「原來死掉就是這樣啊！」
「這……」牧羊狼在找字語，「改天再告訴妳！」
「她是誰？」
「她是誰？」
兩個女孩互相質問，牧羊狼因此被問「呆」了。
東野淑看著小紅帽，心想：小紅帽跟狼混在一起，這是什麼世局？故事也許不再美麗，但是，「諷刺」太難裝飾，小紅帽的樣子怎麼看不出幸福與快樂的日子。
「她是扒手。」牧羊狼介紹了一個，轉頭再介紹另一個：「她是『小紅帽』。」
「我不是『小紅帽』！」女孩更正，頓了一下，溜轉眼珠，隨即為自己正名：「請叫我『小縫帽』。」
牧羊狼拍掌大笑：「好！『小縫帽』！」
「但是還沒縫好……」小縫帽羞澀地抓起肩上那條破布一般的斗篷。
東野淑也跟著嘀咕：「不要亂剪字，不是『扒手』，應該要說『扒人之手』！雖然我還算不上高手，但是也有一手，而且負責拉住像妳這樣的小手。」

「手！手！手！到底有幾隻手？我都聽迷糊了！」小縫帽也不甘示弱，露出慧黠。

「少了一隻手……」東野淑承認：「迷路了，希望能夠及時趕上。」

「正好！小縫帽可以幫忙！」牧羊狼歡喜推薦：「找點事情給她做做，免得她一天到晚跟我抱怨沒戲唱。」

哈！一搭一唱！

東野淑被逗開了眉眼，看來，小縫帽與牧羊狼已經共演另外一齣劇情，而羊群不時闖入，磨牙，搶搶戲份。

◆

東野淑帶上小縫帽，繼續前行。

扒人，計量，多扒一個，也許就會傷了自身，甚至拖累全盤計畫，但是東野淑聽信牧羊狼：小縫帽可以幫忙。

「我會丟掉羊娃娃。」小縫帽想要證明自己能夠勝任。

「那倒不必，」東野淑勉強一笑：「只管跟緊！」

嗯！小縫帽點頭，拉起身上襤褸，抹臉，然後將襤褸交互纏綁，也把羊娃娃塞進懷中，她做好了扒腿就跑的準備。

「這哪叫『縫』啊！」東野淑被惹出淚水噙在眼眶，她說：「就當是……玩吧……」

小縫帽點點頭，偏頭一笑，意思是：贊成！

◆

「妳怎麼會跟著牧羊狼？」東野淑還是忍不住打探。

當然不是貪玩！

下層世界許多孩子擠進這個營區，就是等著「被扒」啊……

而且等了又等。

「因為，我在嘿嘿森林迷路了，走了幾天，餓了幾天，一醒來，樹木都被砍光，牧羊狼出現，給我一碗羊奶，所以我就黏著他不放了，餓一天，就能喝上一碗，很划算而且很安全。」
說得跟童話一樣？
中間的三次危難呢？
小縫帽看著東野淑懷疑的眼睛，反問：「不然誰有時間聽一個故事東拉西扯！」
「妳說！」東野淑指著自己鼻子：「多講一點，日出之前，咱們還有半天。」
「半天？」小縫帽考慮，接著說：「那麼，我講樹林？」
東野淑點頭，表示傾聽。
「樹林已死。」
東野淑凝神，給予專注的目光。
「每一棵樹都被砍了，」小縫帽蹲下，手掌壓在頭頂，比出高度：「只剩半個『我』，傷口整齊。」
「傷口？」東野淑想起樹瘤，即使東野長林的枯木也能在歲月中將傷口包裹，形成迷人的生命紋理。
「一定都被砍去蓋樓了？」小縫帽仰頭。

尋找元凶？

「牧羊狼告訴妳的？」

小縫帽點頭，臉色沉重，表示懂了某種程度的現實，東野淑因此嘆了一口氣，說道：「白雲深處有人家。」

「多深？什麼人家？」

「不知道，我只負責把人扒到地下室。」

「所以妳會帶我去？」

東野淑點頭，卻說：「如果一切順利的話。」

「可是，住在地下好嗎？這裡比較寬闊吧？」小縫帽張開手臂，拉起斗篷，轉了一圈，站定，回頭找尋早就消失的牧羊狼與羊群。

「而且，我一個也不認識啊……」

誰也不認識誰！

而且還有個傳言：「高第」地下有鬼！

但是，這會兒怎麼能說呢？東野淑撇開頭，也撇開念頭，把注意力放在暮色，此刻，太陽抵達地平線，夕暉接觸土塵，挑起混濁，一時之間，銳利的世界變得氤氳，是的，少了一半又走了一半，時間差不多了……

胡梭蟲

胡梭蟲出現了，在夕日陰影最濃底下。

光亮瞬間昏昧，一隻墨黑拖著長尾，搖來擺去。

「哇！哪來這個……」小縫帽興奮，既想靠近卻又躲得遠遠的。

就怕被吃了？

東野淑當然知道，所以直接點破：「只有人吃人吧！這蟲啊，吃花！」

小縫帽回頭，撇眼，瞧著東野淑：「哪來的花？」

「眼花！」東野淑指著四周的半明半暗，補充說道：「其實那叫『八面光』，就是這個時候最豐盛，等胡梭蟲吃飽了，夜裡就能送我們一程。」

「哇！」小縫帽又叫了一聲，喜多於驚，張大眼珠問著：「我可以摸一下嗎？」

「等一下！我們還要騎著牠。」

哇……

小縫帽這一次雙手摀嘴，沒出聲音，但是可以看見兩邊鼓起的臉頰，那是張開大口堆起的嗟訝。

東野淑笑了。

初見此蟲之時，東野淑倒是嚇得躲在父親身後哪！

胡梭蟲，是八方流動所聚，被東野家發現行跡，對上了時機，因此用來協助扒人，可以省一些體力。

小縫帽小步挪移，想要看清，哪裡知道越靠近越模糊，因此轉頭問道：「真的有胡梭蟲嗎？是我眼花？還是你胡說？」

「因為妳嚇著牠！」東野淑又笑了。

「好吧，先讓牠吃花！」小縫帽緩緩後退，但是緊緊盯住，蟲身彷彿有感，慢慢再度結聚，形色具體而且濃密。

「能騎嗎？」小縫帽自言自語：「給騎嗎？」

東野淑也沒有把握，駕馭胡梭蟲？畢竟那是去年的經驗，她感覺自己的身手生硬，完全沒有記憶。這一回，多了小縫帽，胡梭蟲會不會鬧脾氣？

◆

東野季不能鬧脾氣，被設計！

進了地道又出了地道，東野季揣上第二個任務：種子與珠子。問題是：哪裡去找「抱蛋蜘蛛」？

箱子臨走之前還偷偷跟他說：葡萄籽自己吃，也可以救「疾」！

哪有這麼神奇？

東野季因此掏出幾顆，嚼在嘴裡，起初乾乾澀澀，後來竟然口生汁液，一襲清香灌入鼻腔又衝上頭皮，整個人瞬間精神無比。

「以後就會跟大鬍虬一樣囉！」

喔！東野季微顫，不禁大聲疑問：「為什麼要我跟大鬍虬一樣？」

可是，四下無人，

地道出口已關，箱子或者大鬍虬都不會聽見。

東野季吞了口水，再次感受一種奇異的甘甜，種子真的有用？是種子讓大鬍虬可以在地道裡長年生活著？也就是說，如果真的接替大鬍虬，就要天天吃種子？

「不要！我寧願吃香蕉！」東野季對地道出口大叫。

出口呢？

剛剛還在呀？

東野季上上下下地跑，一個斜坡披著黃草，有高度，但是找不到管道，明明才從裡頭走出來呀？

「我要吃香蕉！」東野季使著性子大喊：「我想吃香蕉！但是我不要長生不老！」

沒人譁笑。

四下靜悄悄。

東野季這下子必須接受事實了：地道已經隱匿。不過他心裡竟然湧上一股慶幸：找不到地道就不必回去囉！

「什麼跟什麼呀！」東野季霎時頽喪，仰躺坡頂，手腳舒放。

方向。

失去涵管屋之線，所以，必須再找一個基準！

「巨人！」

東野季跳起，轉了一圈，對了！人蛇說的「巨人牧地」應該是最高的標的，他可以回到地道入口之處。

「不對！」東野季心頭一震：「我好像又走很遠了……」

是的，身體的感覺不會錯，即使在地道，距離，仍然會被腳力記憶著，東野季決定尋覓新的標的，何況此際暮色掩襲，頭頂以上，都成了冥冥濛濛的未知。

倏地坐起，東野季坐在山坡之頂，閉眼，靜息，以耳當目，判別周遭動靜。

◆

滾。

塵。

滾的是輪子。

塵飛之隙交集躁競與放賴，爭也不爭的矛盾氛圍，詭異。

東野季不能躲閃，因為，那正是扒人的場域。

至於時機，根據東野父執的說法：衝動會告訴你。

「出發！」東野季看準了方位，踱下山坡，嘴邊喃喃提醒：「別忘了『抱蛋蜘蛛』！」

鏡片人

飛沙滾塵在夕陽之下恣意，有一半是「長人」引起。

「你們要去哪裡？」東野季扯開喉嚨吼向高處。

幾個人頭紛紛俯垂，但是沒有回覆之意，倒是一個全身貼著鏡片的人代答一句：「練習高枕而已。」

高枕？

那麼你呢？東野季索性盯著眼前的貼滿鏡片的人。

「他們叫我『鏡片人』。」

挺好的形容！

「其實他們都不懂……」鏡片人拉起湊到東野季面前，小聲地說：「他們一定逃不過明天的日照，低處才安全，我這一身『鏡裝』就是防護罩，想活命，絕對少不了！」

高低，日出，這是割禮的關鍵，也就是說，這個鏡片人的「危言」不是隨便亂編。

東野季皺眉：「那麼他們為什麼……」

「誤信傳言！」鏡片人熱心解釋：「我認為那是陰謀，也許不是高第人所為，因為高第人有恃無恐，說不定……就是營區裡的自己人搞鬼！」

「為什麼？」

「少一個人，機會就多一個，不是嗎？」

高野季真想對鏡片人說：「扒人，不是隨便抓……」

當然也不是抽籤決定……

但是，不能說！

因為，東野季也不知道如何決定，就連父執輩都是模糊等待一個「衝動」！總之，狀況未明，不宜暴露身分！

「我想跟過去看看……」東野季其實有著更多好奇與興奮。

「小心！我跟你一起過去……」鏡片人好意相伴：「萬一怎麼了……趕緊躲在我後面，這些稜鏡可以擋回去！」

東野季一點頭，立刻就被鏡片人推在前面，朝著幾個長人走去。東野季皺眉，轉頭，盯著鏡片人，臉上也是鏡片拼貼的面具，兩個凹陷的洞裡，是發亮的眼珠，閃著嘲語？

◆

原來，長人是為了攀上雲朵，而雲朵不時飄移！

「雲？誰的？」

「不對！是光漏斗！」鏡片人糾正。

「光？漏斗？」

鏡片人氣狠狠的瞪著，還咬著牙說：「哼！我有稜鏡，看你能玩出什麼把戲！」

這敵意，怎麼了？

「聽說聚光是為了殺……人……」鏡片人謹慎選字，聲音發抖。

「明天！」東野季意會過來了。

割禮！

割禮！

鏡片人使勁點頭，全身鏡片因此閃動銳光，附和著主人肉體的驚顫。

東野季搗口，囫圇地講：「朝日一出，那兩朵雲就會收集陽光……」

然後呢？

鏡片人此刻兩個凹陷的眼睛只見沉邃，東野季也被震懾，為什麼如此惴恐？

而長腳人依舊一個個興沖沖，試圖攀上雲朵邊緣？

「不是飛船呀！別上去！」鏡片人忽然大吼。

幾個長腳人丟下睥睨，仍然磨勁兒地挺身抬手，有一個賣力一蹬，這才發現長腳還不夠長！另一個索性一躍，重心不穩，長腳一扭，落地之前便已折斷。

啊！東野季驚呼。

啪！還好是木樁！

但是，接踵而至的，是更多不死心的長腳人，兩兩一組，像攀藤，像攬葛，就是想登上雲端。

◆

雲朵繼續飄移，長腳人競逐也競技，不見歇喘，不見放棄。
東野季僅僅旁觀，卻是第一個累倒在地。
「如果搶到位置呢？」東野季大氣吁吁，仰頭詢問鏡片人。
「飛向『高第』？」鏡片人哼笑：「想得美喔！」
不然呢？
鏡片人抱身：「我這一身鏡裝到底有沒有用呢？」
「鏡子反射？」
鏡片人點頭：「就怕聚光太強，震碎？熔掉？」
「天昏智昏？我的父親常常這麼說……」東野季的思緒跟著翻騰，現象、原因、結果，交集於眼前的荒謬。
「旅鼠性格！」鏡片人用力點頭，兩個黑洞裡有同情流露：「我一直跟他們說，別傻了，土民啊，地面比較安全，雖然混濁，能咳反而好過……」
咳，也是末路啊！
「聽說綠葉都在上頭？」

「地面的黃草努力『氧』著！」

「可是，你不也是裹上鏡片？」

「好歹，留一條命啊！」

東野季懂得：今年割禮輸了，明年再拚一次，今年十二樓！明年還有十二樓！晉身高第人，是信仰，也是討活。扒人亦同，今年漏掉一名，明年就得多扒幾個。

「這麼衝，就怕看不到明天落日濛濛……」鏡片人吸著。

瘋了？

「世界模糊啊……」東野季無力，逕自坐著，任由土塵紛飛，跟著長腳人跳躍。

◆

雲朵呢？

喔不！是「光漏斗」！東野季回神，卻發現長腳人已經從「視界」消失了，鏡片人想必也是追雲去了。

東野季掏出一顆葡萄籽，咀嚼，那香氣灌注清明，力量再湧。
「箱子沒有說謊！」東野季此刻稍稍相信種子的神奇，但是依然故意忽略駐顏長壽的魅力。
忽然，塵粒聚合，緩緩游動，朝向東野季。
東野季抹抹臉、撥撥眼皮，注視，辨識。
那是一隻鯨？還是一座島？
「鯨上有人」比較合理？還是「島上有人」更見邏輯？
東野季甩甩頭，起身，站在昏昧裡，決定：跟著漂移。
「等我一下！」東野季於是呼喊。

幾雙眼睛閃熠，似問似答：「哪兒來的小人兒！」

東野季忽略戲蔑，只管給自己找個位子，畢竟，這「鯨」或「島」繼續漂浮著。

「別擠！」一個說。

另一個讓了分寸卻嚼舌：「幹嘛多載一個！速度慢了，怪誰呢？」

「怪我吧……」東野季轉身抬頭，滿臉歉意。

「喵……」眾聲洋叫。

東野季一驚，睜大眼睛：「大家都是貓喔……」

喵……

那麼，不論「鯨」或「島」都與情境不合！

拍拍臉頰，東野季確定自己清醒著，仍得問個究竟：「這裡……會動……」

「當然！烏龜馱著！」

「我們先跑！」

「去追兔子！」

「兔子卻說要追光！」

「鏡片人又說光漏斗危險！」

一陣嚌嚌嘈嘈，有些懂了，有些劈腦，東野季大略猜測，今晚的躁動正是明天出日的症候群，誰也無法靜待命運揭「曉」，就怕天曉卻是永夜……

「你們有碰到『抱蛋蜘蛛』嗎？」東野季姑且一問。

「當然！我們還遇見『小縫帽』！」

「還有『人蛇』！」

東野季心神一振，不禁拍掌：「『人蛇』！總算鑽回來了！」

看來，等出日，等割禮，這營區混沌無比。

「『抱蛋蜘蛛』呢？」

「不就在我們後頭？」

東野季眼珠放亮，暗想：正巧！

但是，揣在懷裡的珠子，怎麼給呢？

「我……」東野季吞吐：「得走了……」

「不行！」

「下一圈再讓你下去……」

東野季不懂：「為什麼？」

「巨人發火！」

「先把小命保住吧！」

◆

「巨人就要發火，」東野淑對著小縫帽說：「我們最好騎上胡梭蟲，趕快走。」

「去哪？」

「越遠越好，雖然只是一瞬間，誰都不想被『電』了。」

小縫帽點頭，眼看胡梭蟲從淡薄到厚實，甚至長出尾巴。

「走吧！」
小縫帽反而裹足了，這沙蟲能騎嗎？
東野淑看出小縫帽的猶豫，因此示範：「一攀、二抓、三爬、四趴！」
哇！小縫帽一一盯著，每一個動作都有「著落」，真是有骨有肉的一隻蟲哪！骨頭撐著，結實的肌肉墊著，果然能坐能騎啊！
「來吧！」東野淑指著自己前面的空位，說道：「還有我護著你哪！」
「嗯！」
一攀，小縫帽矮了幾分；二抓，小縫帽的手掌太小，只能揪到一條小肌肉，幸好東野淑及時搭手拉了一把；三爬，個子小小的小縫帽多轉了半圈，正好跟東野淑面對面，因此，小縫帽索性仰躺，而且，一旦躺下，也就不急著翻身了。
「喂！趕路哪！」
小縫帽反而引誘：「姊姊你也躺一下嘛！」
好嗎？
東野淑蹙眉舒眉，同意。
胡梭蟲竟也解意、附議並且鋪攤自己，東野淑與小縫帽並躺，就在胡梭蟲背上！

「謝謝你！」小縫帽摸摸蟲身，隱約感受到一處溫暖的熱源。

東野淑微笑，不敢相信胡梭蟲竟也這麼淘氣，是碰上勁敵還是同類？這小縫帽啊，懂得嬉戲！

◆

「快躲！」

「巨人要發火了！」

風言四起。

這是混沌裡的警報。

東野季轉頭張望，找不到警報來源，只見貓群騷動但不恐慌，顯然都相信了，沒有半點懷疑，畢竟，一望無實無據，盲動反而危險。

「躲得過？」東野季焦急，因為龜速。

「喵！」貓群齊呼。

霎時一頓，爬龜收足，東野季感覺急煞猝放，才一瞬，恢復平穩，但是速度不同，是溜是滑，而且順暢。
「原來還有這個能耐！」東野季喃喃讚嘆。
「重點是，不會互撞！」一隻貓說話，其餘點頭附和。
「因為大家只走自己的路！」另一隻貓說話，其餘同意、點頭。
「為什麼？」東野季感到不可思議。
「因為營區是這麼設計的。」一隻貓說。
「誰設計的？」東野季追問。
「當然是高第人了！」
此話一出，貓群呆立，就連東野季也聽出癥結了：高第人的把戲？
「我們都被高第人設計了？」一隻貓問，其餘靜默。
「他們不是只想蓋樓？」另一隻貓也問了，其餘繼續靜默。
但是東野季直接點破眉語：「你們在怕什麼？不知道吧？所以，不能一直躲！」

◆

眉語。

「眉」來「眼」去，終於同意：這一切都是高第人的設計。

貓群推出一個代表，說道：「那麼，你有什麼建議？」

問我？東野季頓時發覺自己逞了口舌，因此，不必轉頭，東野季便能感覺貓眼齊瞪，然而，龜背之上，沒得躲。

於是東野季直說：「逆向！」

可？

不可？

貓群裡，誰也不敢點頭。

「打破設局的唯一辦法就是違逆！」東野季提高音量，表示自信。

「你的話可信嗎？」

「我們又不認識你！」

「可能……你也是高第人派來的！」

「說是打破設計也是套局！」

喵！東野季心急！

「我是扒人！」東野季迅速摀口，隨即放手，挺胸承認：「對！我是東野扒人！今年是第一次執行任務。」

喵……喵……

貓語同聲，但是不同調，顯然質疑不小。

「至少……」東野季急了，改以請求：「至少讓我去找『抱蛋蜘蛛』，交了珠子，到時候就可以證實……」

抱蛋蜘蛛？

喵……

貓群合議，總算眾口如一。

東野季感覺懷中的珠子也動了感激，下一瞬，貓群齊呼：「抱蛋蜘蛛！」

巨人發火

巨人發火。

抱蛋蜘蛛。

風言疊上瘋語，傳聞放溜。

在出日之前的混沌裡，如步飛，如煙傳，然而兩者違抗，混沌之中另生塵浪，營區裡的昏昧更形迷暗。

於是，一股耽怕巨人發火，另一股懸喘著：抱蛋蜘蛛。

◆

「蜘蛛？抱蛋？」

仰躺的東野淑頓時坐起，胡梭蟲敏感，立即微調身形，適合跨騎，小縫帽不好意思再躺，跟著收起玩輿，一邊一腳，一邊一手，接著下令：「走囉……」

東野淑笑了，問道：「往哪兒走？」

當然是前面囉……

但是小縫帽嘴上卻說：「讓胡梭蟲自己決定！」

「哼！算你機伶！」東野淑撇頭：「掉頭！」

於是東野淑探手，拍拍蟲身，胡梭蟲立即向後「走」。

「牠掉頭！喔不！牠的頭掉了！」小縫帽錯愕。

東野淑又笑了，解說：「你忘了？牠是沙，可以隨意變形，所以牠這是縮頭也是掉頭。」

「我以為牠的頭真的掉了！」

「妳忘了？剛才牠還給咱們當床呢？」

小縫帽揪起了自己的臉頰，吐舌頭，說：「原來妳叫牠嚇我！」

東野淑沒有辯駁，瞬間沉了臉色，吐了一口氣承認：「有伴，所以有了錯覺，把妳當成弟弟了。」

「想念弟弟喔……」小縫帽掏出懷中之物，磨磨臉，撒嬌地說：「幸好，我一直有羊娃娃陪著……」

「嘿，現在陪你的人是我！」東野淑嘟嘴，指著自己的鼻頭。

「好嘛，以後就讓妳陪囉！」小縫帽被逗得開心，立刻把羊娃娃又塞回襟口。

現在，胡梭蟲掉頭，騎者也必須轉身，所以，東野淑在前，小縫帽在後。

「走囉！」東野淑拍拍蟲身：「你知道往哪兒走！」

小縫帽摟住東野淑的腰，笑得更大聲了：「我就說嘛！胡梭蟲會自己決定！」

◆

十一、繞圈子

時間一直跑，空間一直繞，交會怎麼不在雲霄？

十二、大環境

天道高懸，有機循環一個恆春，繁花擁簇雜草。

◆

逆向，烏龜馱著貓群，東野季身在其中，忽地，一陣剎剎，蛇頭！

喵！

貓群震懾，烏龜無法滑溜，因為被包圍了。

獨獨東野季興奮地喊：「人蛇！」

這一喊，蛇頭低垂，接著探出一個人頭，在烏龜背上在貓群之中挑出一個男孩然後大笑：「喔喔！是你！」

「你騙我！把我拐進地道！自己溜走！」東野季不停指責，胸口起伏，臉頰也圓鼓鼓的。

人蛇被罵低了頭，似乎都認了「過錯」。

等著，東野季把悶氣和怨氣都擠出心臆，然後嘆了一口有理之氣，說道：「不怪你，想來這是咱東野家的拜託。」

微笑，瞇眼，人蛇緩緩開口：「的確，希望沒把你嚇壞了，那口箱子，還有大翁虬。」

摸摸腦勺，東野季不好意思地說：「我有點想念香蕉的滋味……」

「對了！」人蛇忽然愁眉一揪：「可以跟你討幾顆種子嗎？」

東野季起了警覺，問道：「你也知道種子的……」

「祕密？喔，那不是祕密……」人蛇還是把聲音壓低，「凡是混帳的，都知道哩！」

接著，人蛇閉口，指向上方，意思是：當然，上頭早有耳聞！

◆

貓耳拉尖，傾聽。

人蛇也察覺動靜，因此趕回蛇頭，一會兒便拉直蛇身，回頭喊道：「謝謝你的東西！」

東野季揮手，意思是：別那麼大聲！快走！

貓群忽然擁擁挨挨，似有爭議。

「請說！」

因此，貓群推出一個代表，聲音謹細：「我們剛才偷聽，喔不！是不小心聽到你的『祕密』……」

就知道人蛇的舌頭太長了！

「而且！」貓代表吞了口水：「我們聽到『香蕉』，傳說中的寶物……」

完了！全部都給聽見了！

於是東野季慢慢摸進懷裡暗袋，小心翼翼打開袋口。

喵……

貓群伸長頸子，瞄著。

「一顆！」東野季慢慢撥、緩緩拿：「一顆就夠！」

瞄……

貓群不停點頭，涎著。

東野季再三強調：「一顆就能三天三夜不飢不餓！」

瞧我這說的是什麼！東野季在心裡給自己譏諷，三天三夜，怎麼知道的！不過他回頭一想，自己的確僅僅嚼了一顆，精神飽足還沒也不會感覺飢餓或者口渴。總之，數一數貓頭，不必十顆，就可以幫幫這些貓朋友。

出日之前，捱著。

貓群歡喜嚼食種子，昏昧與混沌一齊被拋諸腦後。

◆

巨人發火！

就在一瞬，東野季眼前一閃，霎時間，有目如盲，等到眼睛再度漸漸適應濁闇，烏龜滾翻，貓群四散，東野季猜測自己應該被什麼力道彈遠了，撲倒某處，清醒之後，他使勁睜開眼睛，然而，抬眼所及，除了混沌還是混沌。

昏昏迷迷，東野季無力撐起眼皮。

◆

東野季起身，眼下肅靜，看來逃飛的驚麈已然安定，唯獨東野季心中懊惱震盪，明明見過巨人牧地，卻執意唆使大家撲向危險……

痴愚！

忽然，一個聲音簌簌踏響，重疊但是輕快，而且緩緩靠近過來，東野季趕忙整理自己，周遭無物，更不知往哪個方向走避，只能乾瞪眼，站穩，架起雙臂準備防禦。

◆

蜘蛛！

大蟲！

兩隻龐然、不動之「物」分據眼前左右，東野季顫抖，不僅僅因為體力耗弱，更因為身上單薄，只剩一袋種子以及一顆珠子，若要投以引誘，哪個給哪個才能奏效？

珠子不能拋棄！

救疾？東野季想起箱子的提醒。

救急！

東野季拿出種子，打算整袋拋丟出去，但是心底仍有一絲絲猶豫的低語：可惜！

「給你？」東野季遞出袋子，忽左忽右，甚至挑撥敵意：「誰想吃？很好吃喔！」

東野季妄想製造兩傷或者一隻逃離，屆時再來正面退敵可能比較容易。豈料，蜘蛛與大蟲皆無食慾。

拔腿！

東野季瞬間轉念，轉身，咬牙，衝出去，總之，能跑多遠就跑多遠！

◆

「喂！」一個稚氣的聲音：「你的姊姊在這裡！」

咦？

東野季煞住腳步，以為聽錯了，他遲疑，微微轉頭。

「真的！小縫帽沒騙你！」

這……那……

東野季傾耳聆聽，小縫帽？

「沒受傷吧？」溫柔的詢問，卻是熟悉的！

因此，東野季回轉，只見蜘蛛和大蟲仍在原地，看似沒有攻擊的意圖，東野季再踏幾步，搜尋聲音來處，終於在紛濁之中看見一張容易辨識的面龐，那是姊姊，東野淑。

東野淑招呼：「你怎麼混在游民裡？你不是應該在地道裡？」

這麼聽來，姊姊也不知道「珠子」在我這裡？

東野季不敢貿然說出實情，他看了姊姊身邊的小女孩一眼，問道：「你怎麼先扒了一個？」

「不要緊，我可以！」東野淑明白弟弟話中的顧慮。

小縫帽搶了話語：「我可是助手喔！」

沒錯！小縫帽挺胸，盯著東野季，表示自己不是負累。

「的確！是小縫帽發現你！」東野淑也把功勞相送。

「我的眼力可厲害的！」小縫帽仰頭，再把眼睛望進飛沙裡去。

驀地，又有聲音簌簌，但是細細。

小縫帽機伶詢問：「你剛剛跟誰在一起？會不會是你的朋友回頭找你？」

「烏龜和……」東野季這才唸起貓群安危，因此吞吐含著心虛。

◆

不料，來的是一隻蜜蜂，直接就停在東野季的頭頂。

「啊！」東野季乍見，大驚，忽然鬆了一口氣，告訴自己：「應該是花博士的蜜蜂！」

花博士？小縫帽轉頭看著東野淑，詢問。

東野淑沒有直接回答，只是推論：「花博士應該不會跟游民在一起啊……何況這夜裡的飛沙會淹掉蜜蜂吧……」

「聰明！」蜜蜂說話。

小縫帽的眼珠瞬間凸了，意思是：怎麼蜜蜂能說話？

東野淑微笑，指著蜜蜂的眼睛：「你仔細瞧！這蜜蜂不僅會說話，還是用眼珠說話哪！」

哈哈！東野季被逗笑了，渾身鬆通，似乎腦袋也跟著清楚了：「花博士一定做了改良！」

東野淑同意，補充一句：「關鍵時刻到啦！」

蛛蛛女

「你怎麼會跟著游民？」東野淑問。

「妳怎麼也跟游民在一起？」東野季反問。

「那麼，我是游民？」小縫帽跟著提問。

三張嘴巴還沒問出解答，就被一個景象攫走目光，那是一台兩輪車嘈嘈駛近，一個人端坐其中，就在兩個輪子中間的椅子上。

「花博士！」

「蛛蛛！無恙？」花博士不理東野姊弟的驚訝，逕自朝著後方的蜘蛛招呼，像是舊識一般。

更叫人驚詫的是，蜘蛛掀開肚子，跳下一個人！

媽呀！

東野淑蹦了一跳，大叫：「媽！」

小縫帽不解，瞧瞧這裡、瞧瞧那裡，這些人都是一個黨？

東野季的疑問也是一團亂，因為他沒見過母親！喔不！應該說是忘記母親的臉，所以，他呆立久久，不知如何反應。

「花博士，好久不見！」

「淑！」

「我是蛛蛛女！」

「這一次，我負責抱蛋。」

繞轉一周，從蜘蛛肚子裡跳出來的女人回答了所有疑問，不過，說得太簡單，明白的眼睛只有花博士那一雙，而且笑得謎面深藏。

「當然！當然！」花博士於是慢慢撥開內情：「我們可是有好幾個人一起努力遮掩了一整年！」

豈止一年！東野淑嘟嘴。

母親，幾乎已經從記憶抹盡！東野季以為自己感覺遲鈍，因此找到漠然藉口。但是，私事擱下，這個當下攸關任務，所以他直截關鍵：「蛋呢？」

抱蛋蜘蛛！

是的，大髫虮叮囑：要將珠子交給抱蛋蜘蛛！

「當然是抱著！」蛛蛛女笑了，「但是，生不生，就得看我了！」

蛛蛛女插腰，雙手圈圍之間，露出一個按鈕。

花博士見狀，大叫：「小心！時候未到！」

「當然！還差一刻！」

一刻！

東野季不知道自己昏迷多久？

蛛蛛女微笑：「大家的珠子呢？」

喔？

「大家都有珠子嗎？」小縫帽感到好奇。

東野淑看著東野季，點頭，東野季因此摸進懷中暗袋，卻又猶豫：「這珠子，看來非常重要……」

嗯！花博士點頭。

蛛蛛女面色閒雅，口舌默默攪動，看似一言難盡，只說：「所以我才離開東野長林……」

◆

「可是，一走就沒有消息？怎麼可以！」東野淑嘟囔。

花博士代答，手指朝上：「妳忘了？上頭盯著哩！」

「所以去當游民？」小縫帽插嘴，想不透其間的邏輯。

東野淑也點頭：「目標一致，東野家也在做相同的事情啊？」

扒人！

然而，東野季連份內的活兒都差點丟了！

「只有在流沙之中才能銷聲匿跡。」花博士的說明似乎還不夠。

東野季猛然想起：「巨人發火！難道跟你們也有干係？」

「不，高第人，那是通電，割禮之前的預備。」蛛蛛女望進沙幕裡：「我的蜘蛛絕緣，不怕電流衝過來，也就是說，保住蜘蛛，才能護蛋，這些蛋，是光，是希望之光。」

「哈……」小縫帽忽然打了一個大哈欠，連她自己也來不及掩口。哈哈！每一隻眼睛因此笑出了淚光。

小縫帽羞赧，低了頭，一半是因為聽不懂其中的學問，不過，這也提醒了眾人：長夜的勁敵，是自身。

果然，睏倦猝不及防！

東野季眼皮沉重，他用力眨了兩下，硬撐。

「睡吧！」蛛蛛女溫柔地說：「打個盹，才好見證出日，瞧瞧『割禮』在搞什麼名堂！」

誰？搞什麼名堂？

扒人任務呢？

東野淑會意，宣布，也提醒自己：「小縫帽會幫我多扒一個！」

真的！小縫帽眼裡充滿感動，瞬間又恢復精力。

「乖！妳回胡梭蟲『床』上去！」東野淑微笑地說。

胡梭蟲！床！小縫帽被逗得吱吱掩笑，一蹦一跳，又揪又抓便爬上胡梭「床」，放心一躺。

◆

「我想去找……」東野季揉著睏眼，繼續撐著。

東野淑幫忙說了：「叢林男孩？」

點點頭，是的，東野季心底一直暗暗惦記著，然而此刻，哪有力氣跋涉回頭，何況，這會兒多了一個珠子揣在身上。

力不從心啊……

東野季頹喪又自責。

「行！」花博士爽快答應。

為什麼？是你答應？東野季納悶，卻讓意志頓時找到著落。

只見花博士立即掉轉雙輪車，挪了屁股往旁邊一坐，忽然，原本的單人座位自動拉寬，看似可以再容納一個人了。

東野季看得著迷，愣著。

花博士沒吆喝但是邀著：「上來！還有空位！」

「我坐？真的？」

可以嗎？東野季欣喜，但是不好說走就走，因此轉頭徵詢姊姊，以及等待母親，是否另有私話想說？

沒有！

於是東野季搭上花博士雙輪車，走了。

◆

「啊！幹嘛你們那麼彆扭！」東野淑忍不住低吼，旋即垂喪地說：「唉……咱們東野家真是彆扭！」

蛛蛛女輕笑：「也許是勇敢吧……」

勇敢？

「東野式？」

「啊，好想念你們，好想念東野長林啊……」蛛蛛女張開雙臂。

東野淑瞬間淚水盈眶，只是呆立。

蛛蛛女趨前，把女兒擁入懷中。

擁著東野淑，摸摸她的頭，蛛蛛女說：「這一會兒，妳要不要在我懷裡打個盹？」

東野淑羞赧，點頭，心想：應該抓住這一刻！

「不行！」

母女倆一驚，轉頭，瞥見小縫帽睜亮眼睛，臉上表情複雜，欣羨多於妒悍……

「行！」東野淑招手，說道：「咱們抱在一起，好不好？」

小縫帽猛點頭，全身軟化了。

蛛蛛女配合，打開一個更大的臂窩，歡迎兩個女孩，偎著。

十二樓

出日，前一刻。

反歌，反戈，混帳的，各據一樓。

◆

東野伯盯著「蜂擁」，「大環境」交給東野仲，東野家的父執輩守住兩頭。

工地之內，十二樓，較競特色；營區之中，個個巴頭探腦，翹首的，則是憂心焚焚，「割禮」年年復年年，高第人高枕，豈可獨饗「天空之歌」？

◆

所以豹子膽提議阻遏！

「『蟻陣』別想嘲諷我！」豹子膽以兵蟻之勢，磨礪身手。

◆

男孩抱起叢林，看著東野季，說道：「希望可以幫小樹找回叢林。」

「嗯！」東野季點頭，一隻手壓住心口，另一隻手握緊珠子，他很慶幸自己決定回頭，扒人，也扒希望！

花博士則是忙著他的玩意兒，按捺興奮，想像一次成功的震撼，然而，他佯裝平心靜氣，等待結果，說道：「萬一，結果很糟，至少可以觸動另一個發明。」

◆

「失敗？那可不行！」熊心嘀咕，他看著那一幢「基因突變」，企求世局改換。

苦人也有苦進天堂的嚮往！

◆

老虎鬚掂了掂自己的勇氣，還算滿意。

他看著那些懸浮的鬚鬚，想像纏頸，微慄，高第人「觸類旁通」的野心啊，下層世界僅僅土礫。

◆

圓規與方矩知道：必須把框架打掉！

因此圓規說：「美，在於冒泡。」

「冒泡的，往往不是真的。」方矩則識破盲點。

所以高第人想要霸占天空，哼，真是「美得冒泡」！

◆

滾蛋守住「風流」，因為有「舞」器。

滾蛋雖是機器，卻富人性，如同地道裡的「箱子」，也是出自大鬍虬的設計。此刻，他又縮手縮腳，四肢抱成一團，運動，準備「滾蛋」，沒有旁人，他那四隻大大小小的眼睛，各據「滾蛋」的上、下、左、右，偵測四方，同步把數字傳給箱子，回報狀況。

◆

地頭蛇蜷著，肚子裡的小孩一個也沒少，人蛇考慮多「吞」幾個，但是，這一回，他真想告訴東野季：「抱著『搖錢樹』只是一種比喻，沒命，哪兒都混不下去。」

至於十二樓當中的「搖錢樹」啊，創意別具……

「算了！俺過重，攀不上去！」人蛇緩緩滑動，時間逼近，但是，他決定再去「吞」幾個小孩！

◆

四隻兔子拉手，圍成一圈，跳起「主旋律」，假裝的遊戲仍然繼續。

吞火人一旁做嘔，無火之火揉在手上，一顆珠子，等待觸動！

◆

「還好小縫帽跟了別人……」牧羊狼嘆了一口氣，準備接受出日的震撼。

只是可憐那些羊啊！

羊群咩咩，反駁？

沒有一隻願意離開枯樹，大抵接受了時運。

至於那艘「不洗船」，某人的方舟吧，牧羊狼啐了一口：「不稀罕！咱們羊和狼寧願滅種！」

◆

貓群蹲踞在烏龜背上。

島與島民一致同意：別給咱們「扣帽子」了，漂移才有趣！

一隻貓說：「『游民』其實是一語雙關！」

另一隻貓接口：「無土可耕，無田可作。」

「錯！」烏龜反駁，甚至振振有詞地說：「那是因為我們優游於時間之河。」

喵！

喵！

貓群樂呵呵，便將「出日」忘了。

◆

小縫帽小腳踏步，看著「繞圈子」，繞起了圈子。

東野淑皺眉，勸說：「妳靜一靜！否則不能當我的幫手！」

喔！

小縫帽只好蹲下，抱住自己，抱住羊娃娃，忽然想起牧羊狼和羊乳的溫熱。東野淑則是掛念家人，把眼前的死寂想像成東野長林的祥和。

◆

蜘蛛女雙手搭在腰間的按鈕，深呼吸，感受「蛋」熱。

出日，考驗著「大環境」以及其下的眾生，高第人幾時收手？

天空之歌

出日之前，世界漸漸變薄，彷彿一顆蛋即將破殼。半幽冥，半澄澈。

天地之間盪起一曲，提醒「呼吸」。

◆

在花朵的宇宙呼吸
在草尖呼吸雨滴
在樹幹枝葉呼吸未來
在枯木的輪迴呼吸過去

風雲來了
氣候過了

高第擬攀月
十二樓遙遙半仙戲

前人趨趨
後人哪兒不能去

呼吸，在蟲腹的粒線體
呼吸，在游動的魚鰭
呼吸，在鴿子飛舞自由的羽翼
呼吸，在奔跑的獸啼

◆

十二樓矗立，等待「出日」定奪成績，贏的，續建，高第人立刻搶占一隅，工人因此可以分得地下方寸，充做大樓運轉的勞力；輸的，留在原地，在時間裡荒廢，端看砂石是否願意接手，清理空地。

然而，混帳的，不忍人間流離，於是延攬大鬍虯與花博士，視為長遠之計，一個造穴，儲存生機，一個攻砭，研製科技的裝備，以空制空。此外，招徠虎豹龍蛇，既分進，也是合擊。

游民，游擊，不算戰力。

扒人則樂於同夥，雖說「趁隙」正是東野家本業，能帶走一個，便放了一個，不必忍受羈留。多幾個，若是帶回東野長林，「無憂」也是選擇之一，然而，凡人相信浮華才是美麗，或偷渡或直闖，衍生下層世界的仇恨，連連悲劇。

然而，凡人皆欲攀登雲端，進入「高第」，妄想極樂之欲。

◆

高第啊，高第！

高第人耍什麼把戲？

隻手遮天而已。

哼！這些土民玩什麼障眼法？搞個漂亮的裝置，就想「搶」光？

雲上之雲，藏著高第人的祕密武器，一個按鈕，一束射線，絕對不是一個光漏斗得以承接的電力！

◆

光！

出日！

蛛蛛女觸動腰間的按鈕，抱蛋蜘蛛瞬間脹破肚子，無數個奈米光珠衝上天際。

◆

光珠！

所有人身上的光珠自動感應，分別從不同位置升起，漸漸攏聚，遮蔽天空，光漏斗喪失作用，披滿稜鏡的鏡片人躲過灼熱，因為倖存而歡喜，也因為預言失敗而頹喪。

◆

十二樓，沒有一幢得以「採」光，從巨人牧地接引過來的電力劈空，功率為零，所有設計無法運轉，十二樓被劫，被虛擬的無火之火攔搶，計謀其實很簡單，只是讓高第人誤當「瑕疵品」！

◆

任務結束。

混帳的，繼續移防，下一個工地據說已經破土。

身懷特技的可以再組一個馬戲團，提供餘興。

東野一家保護的長林仍然隱蔽，小縫帽從此嬉遊森林，牧羊狼來做鄰居，羊群有翠綠的葉枝可以吸吮，乳汁豐沛而且津潤無比。

叢林男孩終於人如其名，不單照顧一棵小樹，許多亙古的老樹都願意傾聽他的幻想與問題。

至於東野季，除了思念香蕉，留在地道？起碼明年還不會考慮！

◆

所有塵粒也許不再游離，天空之歌，吟詠，一遍又一遍，就怕上層世界執迷於「割禮」。

畢竟，人造「偽」星眈眈在上，日夜監測地面。以建樓為名，實為分據領空，天空之「割」，競技，端看高第人如何操縱雲上之雲。

然而，下層世界小勝一番，因為悉心戮力，為了呼吸！

然後，繼續下一場戰役。

少年文學38　PG1604

天空之歌

作者／蘇善
責任編輯／徐佑驊
圖文排版／周妤靜
封面設計／蔡瑋筠
出版策劃／秀威少年
製作發行／秀威資訊科技股份有限公司
114 台北市內湖區瑞光路76巷65號1樓
電話：+886-2-2796-3638
傳真：+886-2-2796-1377
服務信箱：service@showwe.com.tw
http://www.showwe.com.tw

郵政劃撥／19563868
戶名：秀威資訊科技股份有限公司
展售門市／國家書店【松江門市】
104 台北市中山區松江路209號1樓
電話：+886-2-2518-0207
傳真：+886-2-2518-0778

網路訂購／秀威網路書店：http://www.bodbooks.com.tw
國家網路書店：http://www.govbooks.com.tw
法律顧問／毛國樑　律師

總經銷／聯寶國際文化事業有限公司
221新北市汐止區康寧街169巷27號8樓
電話：+886-2-2695-4083
傳真：+886-2-2695-4087

出版日期／2016年10月　BOD一版　**定價**／250元
ISBN／978-986-5731-63-2

秀威少年
SHOWWE YOUNG

國家圖書館出版品預行編目

天空之歌 / 蘇善著. -- 一版. -- 臺北市 : 秀威少年, 2016.10

面； 公分. -- (少年文學 ; 38)

BOD版

ISBN 978-986-5731-63-2(平裝)

859.6 105015526

讀者回函卡

感謝您購買本書，為提升服務品質，請填妥以下資料，將讀者回函卡直接寄回或傳真本公司，收到您的寶貴意見後，我們會收藏記錄及檢討，謝謝！

如您需要了解本公司最新出版書目、購書優惠或企劃活動，歡迎您上網查詢或下載相關資料：http:// www.showwe.com.tw

您購買的書名：＿＿＿＿＿＿＿＿＿＿＿＿＿＿＿＿＿＿＿＿＿＿＿＿

出生日期：＿＿＿＿＿年＿＿＿＿＿月＿＿＿＿＿日

學歷：□高中（含）以下　□大專　□研究所（含）以上

職業：□製造業　□金融業　□資訊業　□軍警　□傳播業　□自由業

□服務業　□公務員　□教職　□學生　□家管　□其它＿＿＿

購書地點：□網路書店　□實體書店　□書展　□郵購　□贈閱　□其他

您從何得知本書的消息？

□網路書店　□實體書店　□網路搜尋　□電子報　□書訊　□雜誌

□傳播媒體　□親友推薦　□網站推薦　□部落格　□其他＿＿＿＿＿

您對本書的評價：（請填代號　1.非常滿意　2.滿意　3.尚可　4.再改進）

封面設計＿＿　版面編排＿＿　內容＿＿　文／譯筆＿＿　價格＿＿

讀完書後您覺得：

□很有收穫　□有收穫　□收穫不多　□沒收穫

對我們的建議：＿＿＿＿＿＿＿＿＿＿＿＿＿＿＿＿＿＿＿＿＿＿＿＿

請貼
郵票

11466
台北市內湖區瑞光路 76 巷 65 號 1 樓
秀威資訊科技股份有限公司 收
BOD 數位出版事業部

……………………………………………………………………

（請沿線對折寄回，謝謝！）

姓　　名：＿＿＿＿＿＿＿＿　年齡：＿＿＿＿　性別：□女　□男

郵遞區號：□□□□□

地　　址：＿＿＿＿＿＿＿＿＿＿＿＿＿＿＿＿

聯絡電話：(日)＿＿＿＿＿＿＿＿　(夜)＿＿＿＿＿＿＿＿

E-mail：＿＿＿＿＿＿＿＿＿＿＿＿＿＿＿＿